你激起的**水花**可以**掀动**世界

《读者》图书部 编

陕西新华出版传媒集团
未来出版社

目录

001 一辈子两件事

不完美的完美 /003　你只有一个胃 /005　消失的纪念 /007　分享信任的时刻 /008　如果犯错，记得幽默 /010　不肯绝望，也不敢奢望 /012　大器 /013　那点痛，算什么 /015　善良是一种传染病 /017　印第安人的墙 /019

020 真正智慧的人

忘忧石 /022　四壁雪 /024　终点 /026　只要有梦想 /029　天才与柱子 /031　向着天分努力 /033　服从的意义 /035　听见花儿的呼吸 /037　伟业如何建立 /038　世界一点也不稀奇 /040　疗贫之铭 /042　人生赢在"0.8" /043　别想摆脱书 /044　活命哲学 /045

046 正面思考的力量

痒 /048　低调 /050　夏天的到来 /052　不学英语 /054　奇迹在坚持中 /055　最奢侈的是自主 /056　珍重身上衣 /058　一期一会 /059　生活的次序 /061　心灵的宁静 /064　当时光精确到数字 /065　不忍 /067　普通人的高妙 /069　一心一境 /071　每个人都有影响力 /072　日月星宿也连成一线 /074　三十秒的测验 /076

077　活得过瘾
故事也要实在 /079　永不忘怀 /081　教养 /083　等待梦中的节日 /085　古代妈妈的一封信 /087　写给幸福 /089　小丑和维纳斯 /090　人生大器 /091　朋友之树 / 093　曾是今春看花人 /095　一得永得 /098　规则的智慧 /100　钢笔 /102　查塔卡的杜鹃 /104　山顶的留言 /105　六万年前鲜花盛开 /107

109　说是爱，其实不是
免费午餐 /110　现在的幸福 /112　永恒 /114　用探究打败无聊 /115　爱你现在的时光 /116　割舍的气度 /117　认故乡 /119　永恒的诱惑 /120　你激起的水花可以掀动世界 /121　一点素心 /122　苦瓜变甜 /124　初心 /125　幸福 /126　幸福可以来得慢一些 /127

128　笑对人生
节令是一种命令 /131　是什么让我们泪流满面 /133　你不是已经努力了吗 /135　一个国家的密码 /137　双色人生 /138　什么都不会结束 /140　呜呜地哭了 /142　官帽椅的尊严 /143　每天的日子 /145　遗忘是美德 /147　独处时分 /149　大木屋的小时代 /150　礼物 /152　那时候，你还不懂得 /154　不能言而能不言 /155　罗伦佐的油 /156

157 | 叫醒世界的花开

茶的禅意 /159　万物的姿势 /161　人生马拉松 /162　上帝降雨 /165　静气 /167　鸡鸣前,大海边 /169　人间无事人 /171　不能被增加的人 /172　干净的容颜 /173　古意 /175　真诚都会有一点瑕疵 /177　千里井不反唾 /178　年龄 /180　每个人都有疤痕 /182　三界 /183　真正的清廉 /184　写满记忆的报亭 /185　读成勇士 /186

一辈子两件事

武宝生

有人说，人一辈子只做三件事：自己的事，他人的事，老天爷的事。

我认为，人一辈子只做两件事：饿了吃饭，困了睡觉。

因为，人一辈子能把饭吃得很香，把觉睡得很甜，确实是不容易的事。

年轻时，林清玄因为失恋而痛苦不堪，吃饭不香，睡觉不甜。

禅师告诉他："人，需要修炼。"

林清玄问："怎么修炼啊？"

禅师说："饿了吃饭，困了睡觉。"

林清玄反问："难道吃饭、睡觉也得修炼吗？"

禅师说："同样是吃饭，同样是睡觉，却有不一样的结果。凡人吃饭时，左顾右盼，想这想那，千般计较，万般思虑；睡觉时，颠倒梦寐，梦这梦那，思绪万千。修行者，吃饭就是吃饭，睡觉就是睡觉，别无他念啊！"

"可是，怎么才能做到'饿了吃饭，困了睡觉'呢？"

"你不能左右天气，但你可以改变心情；你不能改变容貌，但你可以展现笑容。"禅师说，"求人不如求己，求己不如求心！

心，应该是一池清水。心水清澈了，山鸟花树映在水面上才是美丽的。那样，日日是好日，夜夜是清宵，处处是福地，法法是善法，就没有什么可迷惑、污浊我们的了。"

林清玄陡然开悟。

梁漱溟也说过，人一辈子首先要解决人与物的关系，再解决人与人的关系，最后要解决人与自己的关系。只是，最后一条最难。

在人的一生中，会遇到许许多多的人和事，有些是必需的，而有些是完全用不着的，比如名利、贪心、虚荣、嫉妒、仇恨等等。这些，都是负担，应该果断地删除它！就像电脑中的垃圾文件、错误信息一样，及时删除，操作才能顺利进行。人生，就是一步一步走，一点一点扔。走出来的是路，扔掉的是包袱。这样，路就会越走越长，心就会越走越静。

不完美的完美
刘 墉

我有一个朋友,单身半辈子,快五十岁时突然结了婚。新娘跟他的年龄差不多,徐娘半老,风韵犹存,只是知道的朋友都窃窃私语:"那女人以前是个演员,嫁了两任丈夫,都离了,现在不红了,由他捡了个剩货。"

不知道是不是话传到了他耳里。有一天,他跟我出去,一边开车,一边笑道:"我这个人,年轻的时候就盼开奔驰车,没钱,买不起。现在呀,还是买不起,买了辆三手车。"

他开的确实是辆老奔驰。我左右看看说:"三手?看来很好哇!马力也足。"

"是啊!"他大笑了起来,"旧车有什么不好?就好像我太太,前面嫁个四川人,又嫁个上海人,还在演艺圈二十多年,大大小小的场面见多了,现在老了,收了心,没了以前的娇气、浮华气,却做得一手四川菜、上海菜,又懂得布置家。讲句实在话,她真正最完美的时候反而被我遇上了。"

我说:"别人不说,我真看不出她竟然是当年的那位艳星。"

"是啊!"他拍着方向盘,"其实想想我自己,我又完美吗?我还不是千疮百孔,有过许多往事,许多荒唐。正因为我们都经历了这些，所以都成熟，都知道让，都知道忍。这不完美？这正是一种完美啊！"

不完美正是一种完美！我们老了，锈了，千疮百孔，隔一阵子就需要去看医生，来修补我们残破的身躯，我们又何必要求自己拥有的人、事、物都完美无瑕，没有缺点呢？看得惯残破，也是历练，是豁达，是成熟，是一种人生的境界啊！

你只有一个胃

马晓伟

每年"股神"巴菲特都举办"与巴菲特共进午餐"的活动。这一吸引眼球的盛事,理所当然地会被众媒体争相报道。餐会结束一个月后,将评出一篇最佳报道。届时,巴菲特将亲自为获胜者颁奖。

这天,史密斯与沃伦斯基牛排馆被围了个水泄不通。菜肴一一呈上来了,果真是一场美味绝伦的盛宴……三个小时后,餐会结束。接下来,关于午餐的新闻满天飞,但都写得千篇一律,无非是渲染餐厅是多么美轮美奂,菜品是怎样烹龙炮凤,用餐的人是如何奢侈高贵……

可想而知,这些都落选了。脱颖而出的是篇不足两百字的小稿子。作者名叫艾格伊,供职于曼哈顿一家地方小报。他只字未提巴菲特,而是把目光投向了一名流浪汉。

史密斯与沃伦斯基牛排馆被围了个水泄不通,我实在挤不进去。正准备打退堂鼓,忽然看到一名流浪汉,他衣衫褴褛,却怡然自得。此时,他正在餐馆外的垃圾桶里翻拣食物。突然他一阵欣喜,显然,他发现"战利品"了!大快朵颐之后,他抚着鼓囊囊的肚子,打着饱嗝,自言自语地嘟囔着:"过期的三明治和沙拉酱,也照样能把肚子填饱。"

巴菲特说,是文章的最后一句话打动了他。接下来,他把奖杯颁给了艾格伊。回家途中,艾格伊发现奖杯底下有这样一些字:对一个人来说,生理需求是非常容易满足的,而永远都填不满的,是无边的贪欲。其实,人生在世,所需无多。因为,你只有一个胃。

消失的纪念

徐百柯

1958年,《纽约时报》的一篇报道这样开头:不知为什么,世上最可怕的竟是布热津卡那明媚的阳光。这篇报道是新闻史上著名的《奥斯威辛没有新闻可写》。记者写道:"现在,关于奥斯威辛没有什么新闻可报道,仅仅由于某种不可抗拒的冲动,我才想写一些有关集中营的事,这种冲动源自一些复杂的感情——到集中营参观后,如果对那里的情况不置一言、不写一字,就这么离开,是对死在那里的人极为痛心的不敬。"

如今,我们看到一篇新的报道——《正在消失的奥斯威辛》。作者写道:"1991年,我第一次参观集中营时,被害者留下的头发还保持着鲜艳的色彩,或黑或棕或红或金……而当我于2009年重返这里时,却发现这些毛发已经变成一团团灰色的毛球。"

这里揭示的是一个尴尬的局面:去奥斯威辛参观的游人不断增多,2009年比2001年翻了一番。与此同时,集中营营区的保存状况却不断恶化,墙壁开裂、地基下沉。那里的负责人表示,日渐残败的奥斯威辛集中营正在一步步滑出历史的记忆。

最深重的罪行记录和那些最伟大的文明遗存一样,反讽着盲目的旅游狂潮:不断增加的观瞻背后,是真正严肃的纪念的游移甚至失落。这,也是一种令人痛心的不敬。

分享信任的时刻

〔美〕沃伦·克里斯托弗 陈荣生 编译

有天晚上,我以近一百公里的时速驾车行驶在一条两车道的公路上。这时,一辆车以同样速度迎面而来。在我们相擦而过的时候,我看到了那位司机的眼睛,但那仅仅是一秒钟的事情。

当时我想,他是否跟我一样也在想着,那个时刻我们的命运完全取决于对方。我依赖他不打瞌睡,不被电话分心,不驶进我的车道令我的生命突然终结。尽管我们互相没有说过任何一句话,但他肯定也是这样依赖我的。

我相信世界也是这样运行的。在某种程度上,我们都要互相依赖。有时候,这种依赖只是要求我们不要穿越双黄线,就是这么简单。而有时候,这种依赖需要我们合作——与朋友合作,甚至是与陌生人合作。

早在1980年,我参与了在伊朗举行的释放美国人质的谈判。伊朗方面拒绝与我见面,坚持要通过阿尔及利亚政府在我们之间传递信息。尽管我此前从未与阿尔及利亚外长有过接触,但我得依赖他来准确地接收和传递信息。在他的帮助下,五十多名美国人质都安全回家了。

科技拉近了我们的距离，因此，国家之间的合作需要日益加强。2003年，多个国家的医生迅速行动起来，对SARS病毒进行确定。这一行动挽救了成千上万人的生命。我们必须认识到，我们的命运已经无法仅靠我们自己来控制了。

我是非常注重个人责任的。但是，随着岁月的流逝，我也终于相信，在某些时刻，一个人必须依赖其他人的诚信和判断。因此，我们必须学会这样想：迎面而来的灯光也许不是一种威胁，而是表明这是一个分享信任的时刻。

如果犯错，记得幽默
朱 晖

谁都无法想象，如果一届世界性的体育盛会在开幕式上出现重大纰漏，组委会将要承受怎样的压力。这样的倒霉事，偏偏让2010年温哥华冬奥会赶上了。

2010年2月13日，温哥华冬奥会隆重开幕，为了让本届冬奥会给全世界一个惊喜，组委会试图打造出一个让世人惊艳的点火仪式。原计划是：火炬由残奥会冠军汉森坐着轮椅传入体育馆，再由四名加拿大著名运动员依次传递，然后四人站在广场四周，等待四根欢迎柱缓缓升起，再用火炬点燃欢迎柱，火光上升的同时四根欢迎柱中间的巨大冰柱将被点燃，奥运圣火将就此熊熊燃烧……虽然准备工作万无一失，但在欢迎柱上升的环节，预设的四根欢迎柱只升起三根，全世界的目光都聚焦到余下的那根，遗憾的是，它终究"千呼万唤没出来"。

如此重大的失误令组委会颜面扫地，成为全世界的笑柄。一位老者的话颇具代表性："我们都祈祷闭幕式上千万别再发生什么差错，再也丢不起人了。"

3月1日，温哥华冬奥会闭幕式如期举行。大幕拉开后，大家简直不敢相信自己的眼睛，火炬台竟然以"残缺"的状态搭建着，开幕式上"失误"的一幕被复制到了全世界观众的面前。更令人意想不到的事在随后发生：一个电工模样的小丑蹦跳着来到没有竖起的欢迎柱前，左拍拍、右看看，表情诙谐地检查着，最后将电源插好，并试着将那根硕大的柱子从地下拉起来。在小丑的拉动下，欢迎柱渐渐上升，缓缓地和其他几根搭建在一起。这时，小丑欢快地请出主火炬手勒梅·多恩，由她点燃了奥运火炬，奥运圣火熊熊燃烧。

看到这儿，全场沸腾了。加拿大人用一种自嘲的方式轻松化解了此前的尴尬，不仅无损于他们的形象，反而成就了一个史无前例的"两次点火"的经典画面。

生命中没有多少不可饶恕的错，就算错了，也还可以幽默一下。

不肯绝望，也不敢奢望

董 桥

米尔本太太是英国乡下的一位家庭主妇。第二次世界大战期间，她的儿子艾伦入伍到前线参战，她和丈夫杰克留在家里，过着烽火中的普通老百姓的生活。他们一面天天照常作息，一面苦苦等候儿子从前线寄回来的家书。米尔本太太从儿子入伍的那天开始写日记，天天写，写到战争结束儿子回家的那天。她的日记后来被编成一本374页的书，书名叫《米尔本太太日记：1939年至1945年一位英国妇女的日思录》。有一次，艾伦好久没有音讯，前方传来的消息说，他所在的那支部队被德军歼灭了，大概凶多吉少。米尔本太太跟丈夫杰克不肯绝望，也不敢奢望。直到有一天——

7月16日星期二……大约五点三十分，我拖着沉重的步伐带着小狗到田野散步，走了好一段路，突然听到杰克在叫我，回头看到他站在老远的树篱前向我招手。"不会是关于艾伦的电报吧！"我不敢往下想，很快就跟杰克在田野中间会合。"国防部来电话说收到一份电报：艾伦现在是德军的战俘。"他说，"谢谢天！"我们紧紧抱在一起，欣喜之情不可名状。他到底还活着，没有战死……

大　器
琴台

在电视上看到小提琴的制作流程，心有所动。

制作一把精美的小提琴，木料的选择是关键。匠人在选择木料时，非常在意树木年轮的多少。在他们看来，每棵历经岁月洗礼的大树中都藏着一个精灵，而这个精灵正是一把提琴的灵魂。

选准木料之后，木料要在阳光下风干两年，使其含水率低于百分之十。风干的木料被切割成木板之后，放入一个黝黑的、终年不见阳光的房间，好像大师的闭关修炼，根除杂念，凝聚精魄。这段静默岁月要持续四到五年。经过这么长时间的韬光养晦，本来混沌的木板逐渐有了灵异之气，凝聚在木头中的精魄变得纯净而空灵。万籁俱寂中，那些曾经在大自然中吐纳的自然之气、收藏的百鸟之声，沙漏一样滴滴答答地从木头中渗透出来。老练的工匠这时可以从一块普通的木板中，听出一把小提琴的音质。

这样的修炼，极易让人联想到世人眼中的"大器"。

舍得放弃纷繁红尘中的诱惑和热闹，舍得放下你侬我侬中的情深和意长，舍得让自己从一个八面玲珑、颇受欢迎的"人精"蜕变成呆若木鸡、衣锦夜行的隐者,除此,还要忍受漫长的寂寞和孤单,面对随时来袭的彷徨和绝望、讥讽和嘲笑……唯有如此,才可能炼成"大器"。而这样的人,注定是不多的。他的内心,时刻都有灵魂的清越之声在激荡,这是命运赐予追梦人的最崇高的现世享受。而这样的清越之声,有的人一辈子都无从知晓。

那点痛,算什么
朱国勇

这个世界上,有许多残疾人,其中几千万人是盲人,他们很多人一生最大的愿望就是有朝一日,能看清妈妈的样子。

但是,我要说,这些盲人是幸运的,因为,至少他们还有亲人来牵挂。要知道,这个世界上,有数千万孩子生活在单亲家庭,其中又有一部分是孤儿,从记事起就没见过父母的样子。如果有个人,能让他们叫上一声妈妈,便足以让他们幸福得热泪横流。

但是,这些孤儿也是幸运的,因为,至少他们很健康。要知道,这个世界上,有十分之三的人患有慢性疾病。还有两千多万重症患者,整天躺在病床上,生活不能自理。在发展中国家,每年约有八万名儿童被人贩子拐走,打折双腿,弄瞎或是弄哑,沦为乞讨的工具。

但是,他们也是幸运的,因为,至少他们还有生命。要知道,全世界每六秒就有一名儿童死于饥饿或相关疾病,另外,平均每天还有一百六十人死于飞来横祸。比如坐在家里,被天上落下一架飞机砸死,或者被晴天一个响雷劈死,或者看流星时被一颗陨石击毙。每天早晨穿着整洁的衬衫,提着公文包精神抖撒去上班的人当中,有 $1/10^4$ 的人晚上进不了家门。

但是,这些死者也是幸运的,因为至少他们死后不会受到唾骂。要知道,在这个世界上,每年还有3万人,死于冤案。他们被人以"正义"的名义杀掉,死后,还要为不是他们犯下的罪行背负骂名,甚至遗臭万年。

但是,他们也是幸运的,因为他们终于死了,再也不用受折磨了。要知道,这个世界上还有的人求生不得,求死不能。他们当中,有的人身体已经溃烂,有的要靠一根导管,借助机器维持生命,有的成了植物人……据报道,一名英国男子被他的妻子斩去了四肢,关在地下室里生活了13年,朋友们还以为他失踪了。

现在想想,你遇到的那点痛,算什么!

善良是一种传染病
六 六

新加坡人的友善，让我迷恋。爱上这个城市，是因为它的质朴——虽然是大都市，很多人却清纯得好像来自山野。

我刚到新加坡时人生地不熟，经常问路，每次被问的人都恨不得亲自带我去，也真有送我到目的地的。孤身在外，一有困难，不用张口就会有人主动上前来帮忙。下雨的时候我没带伞，几次被人邀请共打一把，伞不大，分享的却是温暖。

有一天下午去逛街，我不小心坐过了站。大概方位我是知道的，只是不晓得到底在哪一站下比较近，就跑上前去问司机，司机正在等红灯，很热心地给我指路，说你如果下站下，路会走得比较远。并且特地打开车门让我快下，还反复指给我看，直到我下了车，还看见他隔着玻璃为我指方向，我深受感动！

我跟我的中医医生刚认识的时候，曾经为钱的事情发生过不愉快：我发现她每次都收我二十二块诊费，却只收别人八块、十块。问她的时候，她很诚恳地告诉我："我看病是量力收钱。有些附近的居民我认得，知道他们景况不好，我就少收一些。这样，他们有了病才会来看，否则他们岂不只有苦挨？医者父母心，我父亲一直是这样教我的。不要计较钱多少，关键是要人人都看得起病。其实我很多时候连草药的本都收不回来。我收你的价钱是合理的，因为我大约估算得出你的收入。我收得多的，是那些有钱人，如果有效果，我就叫他们捐善款。"我听了便觉得很愧疚。

善良与感冒一样，是一种传染病，一接触就会散播开来。我带着感恩的心，开始留心这个世界。

以前我总是行色匆匆，根本不会多看一眼周围的人；现在我学会了放慢脚步，学会了关怀。比方说为别人按着电梯的钮并耐心等待，比方说主动快走一步拉开商场的门方便身后的人进来，比方说过天桥的时候帮助带小孩的母亲抬婴儿车，比方说把行李多的外地人送到车站。这一切，是我在报答别人曾经给我的帮助，希望这样的感动像常青树一样经久不衰。

印第安人的墙
刘 墉

沙漠的气候非常特殊。白天,火红的太阳经过沙石的反射和热量的累积,能把人活活烤死;夜晚,荒寒在一无遮掩的旷野中泛滥,又能把人冻僵。

尽管沙漠的气候如此可怕,可印第安人却能颇觉安适地生活在那里,这是什么原因?

在沙漠里,印第安人的墙是经过特别设计的,它的厚度恰到好处——白天,炽热的艳阳晒不透那向阳的墙壁,因为正将热透时,夜晚就已经降临了。寒冷难耐的夜里,那被晒热了的土墙,正慢慢地散发出它白天储存的热量,使室内变得温暖。

如果那墙薄一些,白天室内就会变成烤箱,夜晚它也不能散发出足够的热量;如果那墙再厚一些,白天固然不至于炎热,夜晚却会因为透不过热量,而变得寒冷。

这一切的奥妙就在于那不厚不薄的墙。

无论是否住在沙漠,我们每个人的心里都要有这么一堵墙——把得意时别人的赞美,留在失意时用;把敌人射来的箭接住,作为我们兵器短缺时的武器;把别人攻讦的言语,化为有用的建议;把多余而只能造成罪恶的钱财,留给日后可能的贫困……如同印第安人将那焚人的日光,留给寒冷的夜晚一般。

真正智慧的人

伊 然 编译

　　门萨是一个聪明人云集的组织，成员的智商都在一百四十以上，是一个名副其实的顶级智商俱乐部。几年前，美国旧金山市举办了一次门萨大会。会议期间，几名门萨会员来到当地的一家小餐馆吃午餐。在吃饭过程中，他们发现，餐桌上一个标志为"盐"的瓶子里装的却是胡椒粉，而标志为"胡椒粉"的瓶子里装的却是盐。怎样在没有任何抛撒的情况下，只借助餐馆现有的工具，将两瓶调料调换过来，成为大家必须面临的一个小小的挑战。他们自然不会畏惧这个挑战，而是满怀欣喜和热情地接受了这个挑战，因为，他们是门萨会员！

　　几个人热烈地探讨着，一个个主意和方法被提出来。最终，他们选定了一个最充满才气的解决方案，这个方案仅仅只需要一张餐巾纸、一根吸管，两个空碟子就可解决问题。他们将服务生叫了过来，打算在她面前炫耀一下他们绝妙的解决办法："小姐，餐桌上的盐和胡椒粉装反了，不过，我们已经为你想出了一个最好的解决方案！我们只需要你为我们拿来一张餐巾纸、一根吸管……"

　　"噢，对不起。"服务生没等门萨会员将话说完，拿起盐瓶和胡椒粉瓶,将上面分别写着"盐"和"胡椒粉"的瓶盖拧下调换后,盖在了各自的瓶上。

如同拥有士兵的多寡不是判定一个将军英明与否的尺度一样,智商的高低也不是衡量智慧与否的标准。真正智慧的人,关键之处不在于他总能解决问题,而在于他总能正确地做事情。

忘 忧 石

姜桂英 编译

我注意到,凯伦把一块石头放在茶几上好几个月了。石头上画着一张笑脸,谁看到它,都会忍不住发笑。我仔细地看着这块石头,发现石头下方写着几个字:"不要烦恼。"

我好奇地问凯伦:"你是从哪里弄到这石头的?"凯伦说:"在我压力最大的时候,一个朋友送给我的。朋友告诉我,每当看到这块石头,都要提醒自己不要过于烦恼。朋友把它叫作忘忧石。这块石头还附有一篇文章呢。"

凯伦把文章拿给我看,文中写道:

我们所忧虑的问题,40% 不会发生,因为忧虑是大脑疲劳过度的产物。

我们所忧虑的问题,30% 是因为懊悔从前的决定,而这些决定是无法改写的。

我们所忧虑的问题,12% 是因为太在意别人对自己的评论,而这些评论大多是不客观、不正确的。

我们所忧虑的问题,10% 是因为我们过于担心,而这种担心只会使情况变得更糟。

除了这些庸人自扰,我们所忧虑的问题,只有 8% 是正常的,因为生活中确实存在需要解决的问题。

凯伦接着说:"我原先对什么人、什么事都感到忧虑。现在,我以石头为警钟,每当发现自己在忧虑,就会问问自己的忧虑属于哪一种。大多时候,我都发现自己是在庸人自扰。"

人生并不全是烦恼和忧虑,但愿每个人心中都有颗忘忧石。

四壁雪
羽清雪

古时苏东坡曾有一间雪堂，绘雪于四壁之上，这是文人的一分雅致。我也有小屋一间，四壁如雪，不曾装饰瓷砖或实木，虽则异曲同工，但到了咱这里，其实只是懒人的闲致。于是，一人一屋，持本来面目，素面相对。

时间愈久，愈爱这一室虚白，像画面上的大片留白，情味隽永。世界至繁，天地至简，这小小一室，容得下一个人的万千思绪。坐在这简单的四壁之间，无琐事之繁，独品一刻之闲。

我们需要的生活，其实比想象的更加简单，所谓"良田万顷，日食一升；广厦千间，夜眠七尺"。身无长物，是一种让人羡慕的状态。也许我们本来就无须为太多的念头埋单，美丽的风景，看过就好。

庞杂的愿望中往往夹杂着太多的奢想，付账时常常随着别人的风向，有时忘了自己的初衷。

加法生活里充满太多多余的对比和向往，不如试试减法生活，如这四壁白雪，保留天生的一点天真和质朴。放轻松，抛开重负，世界还是一样美好。

没有什么不能舍弃的追逐，没有什么不能停下的疾驰。我们需要一个小小的角落,简单而宁静,可以放松自己;我们需要一段留给自己的时间,想一些事情,过去的或者未来的。也可以什么都不想,只是静静地坐在这里,发一会儿呆,便觉得无限美好。

四壁雪,澄静一刻时光。

终 点

〔英〕罗伯特·J.哈斯汀

我们的下意识中常常藏有这样一个田园般的梦幻，我们乘坐火车作横跨大陆的长途旅行，沉醉于窗外高速公路上如梭的车流，孩子们在路口招手致意，奶牛在远远的山脚下吃草，发电厂冒出浓烟，成排成行的玉米和小麦，平畴深谷，山峦起伏，城市的轮廓，乡村的庄园，都让我们如此沉迷，如此心醉。

可在我们的内心深处，想的还是终点。某天某时，火车进站，鼓乐齐鸣，彩旗飘扬。一旦到达终点，心中梦想千种都会成真，人生的缺残都会重圆——就像拼板玩具的最后完成。我们在车厢过道中踱步、徘徊、焦灼不安，诅咒时光的流逝如此之慢，只是在等待、等待终点的到达。

"到了终点，那就妥了。"我们嚷道。"我到十八岁的时候""我买到一辆新的奔驰450车的时候""我供最后一个孩子念完大学的时候""我还清欠债的时候""我升官晋级的时候"，甚至"我退休之后会安度晚年的"。

然而，迟早我们必须认识到，世间没有可以一劳永逸的终点和归宿。生活的真正乐趣在于旅程，在于过程。终点只是梦幻，它常常是可望而不可即的。

"逝水年华细斟酌"，多好的箴言！不是抱恨前朝，恐惧来日，也不是今朝的重负使我们忧虑不安。悔恨和恐惧是劫夺我们美好今朝的孪生窃贼。

所以，不要在过道里徘徊踯躅，不要时时计算里程度日如年。去爬山吧！去吃冰淇淋，去赤足奔走，畅游江河，去欣赏朝霞夕阳。多一些大笑，少一些哭泣。生命如逆旅，我亦是行人——这时终点就会倏然而至。

如同印第安人将那焚人的日光,留给寒冷的夜晚。

只要有梦想

张世普

在报纸上看到一则新闻，心中顿时充满温馨。

一位日本老妪，在九十九岁生日的时候，出版了她的第一本诗集，在诗歌衰落的日本引起了极大轰动，销量突破了二十三万册。在日本国内，这是个奇迹。因为即使是专业诗人经过出版商包装策划出版的诗集，大多也只能卖出几千册。而这位近百岁高龄的老妪的诗集，首印一万册竟然一售而空，连续加印了八次仍供不应求。

她从九十二岁那年开始写诗，原因很简单，儿子怕她孤独，希望她写点文字免得寂寞。而她恰好喜欢诗歌，就拿起笔开始写了。诗写得多了，就向报社投了稿。她的诗并不华美，近于白话，简短易读，都在十四行以内，但是充满了彩色的梦想，字里行间有一种难以言传的朝气。编辑们被这位特殊的作者感动，《产经新闻》特意为她开辟了专栏。她的读者从十四岁到一百岁的都有，出版社收到了近千封读者来信，很多读者读了她的诗都流下了热泪。

她在一首诗中写道：就算是九十岁／也要恋爱呀／看似在做梦／我的心已经飞上云端。一个白发苍苍的老妪写的诗会有那么多人喜欢，或许就是因为她心里永远保持着纯真和浪漫。这是命运赐予追梦人的最崇高的现实享受。而这样的心境，有的人或许一辈子都体会不到。

梦想成就人生。一个人有了梦想，活着才觉得有意义、有趣味。一个忠实于梦想的追求者，不知道什么是老之将至。梦想是与岁月的较量，只要有梦想，就能征服岁月。否则，历尽沧桑的近百岁的老妪，怎能写出青春少女情怀的诗歌？她虽不能拒绝岁月的流逝，却拥有了超越岁月的青春。

天才与柱子

修·麦克雷德 黄佳瑜 编译

林肯的盖茨堡演说稿，写在他从暂时居住的朋友家中借来的普通信纸上。

海明威用一支普通的钢笔写作。

凡·高作画时，调色盘上很少超过六种色彩。

总之，你拥有的工具与创造力之间，关系不大。

事实上，当一位艺术家在自己的领域钻研得愈深、技巧愈熟练时，他愈会知道什么工具用来顺手，愈明了将精力花在物品上太浪费时间。花哨的工具，只是让二流角色多一根藏身的柱子罢了。

这就是为什么那么多二流作家使用顶级笔记本电脑。

这就是为什么那么多蹩脚摄影师使用顶级数码相机。

这就是为什么那么多平庸画家花大钱在闹市区开画室。

这些人都是为了藏在柱子后头，但柱子帮不了忙，只会碍事。柱子愈大，人们心理上对它的依赖就愈强，就会造成愈大的阻碍。

成功的人——无论是不是艺术家，他们不需要柱子也能干得有声有色。更重要的是，一旦发现这些柱子，他们可以立刻摆脱。

然而，我们绝大多数都是普通人，不可能过毫无依赖的生活，我们都有自己的柱子。所以，我们只能针对我们的生意、我们的行业、我们存在的意义等各个层面不断质问自己："这是根柱子吗？"然后由此继续前进。愈常质问自己，愈懂得如何找出柱子，柱子就愈快消失。

质问，不断质问，然后再度质问。一旦停止质问，你就完蛋了。

向着天分努力
麦 家

　　这些年来，我很注意整理身边的物件，譬如时刻保持鞋架和书架的整洁。我没有洁癖，也绝非爱做这些与趣味或诗意毫无关系的事情。这些看似不起眼的日常细节，善待它，它就能成为阳光或氧气，滋润自己，让心沉下来、慢下来、静下来，令坚持在不知不觉中成为一种习惯，一种自我赋予的习惯，一种应被祝福的习惯。

　　是的，坚持理应被祝福。

　　在我看来，光有天分是不足以成事的。天分是飘忽云端的锦彩，是闪耀水面的流光，虽然能够感觉，但并没有真正被你攥在手心，成为你的奖杯或者存折。当你蓦然想起它的存在，也许它早已随着时光流走，如同女人神秘的睫毛，秋蝉声中，含不住任何一滴眼泪。

　　当你发现某种天分洋溢，请攥紧它，如同攥紧你的生命。然后朝着它不朽的方向前进，以疯狂的坚持，歇斯底里的坚持，打破砂锅问到底的坚持。我们不惮于进展缓慢，亦不惮于走向极端。沿途风恶浪险，反复出现的全是诱惑。当我们的目光一丝不动，当肌肤变成古铜色，背影沉重，当我们的宿命干净，请牢记,这一切应非苦吟,而应是"未到江南先一笑",因为那时,丰收与呼吸一样清晰,触手可及。

勤能补拙,拙有何用?固执地补拙等于南辕北辙,等于哪壶不开偏去提哪壶,等于发现天分之后偏偏逆向而行,等于自己谋杀自己。人倘不能循天分而动,则越是坚持"补拙",越是自我损耗,伤害也就越大。可偏偏我们的教育就是要追求"全面发展"的美名:学中医的英文不好,不能毕业;工程师记不清流派,不能继续深造……字典燃烧,哲理哭泣。唯有愚蠢和狡黠笑得开怀。

是故,坚持还是固执,这不是修辞的问题,这是生存还是死亡的问题。而关键的第一步,在于认清自己。

服从的意义

尹玉生 编译

1976年6月27日,巴勒斯坦游击队劫持了一架法国航空公司的大型飞机,并将机上一百零五名以色列人扣押在乌干达的恩德培机场的候机大厅。为了解救人质,以色列特种兵展开"雷电行动",长途奔袭乌干达。

在采取营救行动之前,一名以色列士兵手持扩音器,用以色列人的母语希伯来语大声喊道:"我们是以色列士兵,前来接你们回家,请你们立即就地卧倒,趴在地上别动!"

以色列人质全都清清楚楚地听懂了这段希伯来语,并迅速地卧倒在地上。而巴勒斯坦士兵却一点也没听懂喊话的意思,他们仍然站立着,警惕地注视着外面。

一颗颗子弹向所有站着的人飞去,以色列士兵以迅雷不及掩耳之势向大厅内发起了攻击,站着的人一个个倒在了地上。在这场战斗中,除了巴勒斯坦士兵外,还有3个以色列人也丢掉了性命。有两个是年轻的以色列男子,他们在听到并完全明白自己方士兵的指令的情况下,凭着自己的胆量和勇气,想再等一等看清楚发生了什么事情之后,再服从指令。遗憾的是,他们已经没有服从指令的机会了。第三个遇难的人质也是一名男子,他在听到士兵的"卧倒"指令后,倒是毫不犹豫地服从了,但是在他看到以色列士兵冲进大厅后,忘记了刚刚那一句"趴在地上别动"。他兴奋地站起身来,准备冲向己方战士,与他们拥抱,结果被士兵们当作隐藏在人质中的敌人射杀了。

名将巴顿是美国历史上最张扬、最强悍却又最懂得服从的四星上将。关于服从,他曾说过:"服从不只是一种品德,更是一种责任。如果你不懂得服从,或者打了折扣去服从,不仅会损害团队的利益,甚至会成为潜在的杀人者或自杀者。"

听见花儿的呼吸
水 唇

　　我常面对一朵独自绽放的花儿发呆,仿佛能听见它的呼吸。

　　我不知道它叫什么名字——红的、白的、粉的、紫的……寂寞且骄傲地伫立在时光的拐角,但它总能让我慢下来,在静默中深深地凝望。

　　于我而言,这可能源于我心中一粒思考的种子,一只孤独高飞的苍鹰,或者一种等待了千年的渴望。

　　每当痛苦煎熬、寂寞守候、欢喜若狂、怅然若失的时候,我总是想起山径幽谷中那些卑微清雅的花儿,想起与它们的对视、轻触、自语,那种随之而来的坦然,瞬间便充溢身心,赋予我镇静、喷涌的勇气,让我看到生命中的美与希望。

　　我喜欢作家钱红丽的座右铭:纯洁羞涩,寂静清芬。只有在领悟了"落花无言,人淡如菊"的苍茫邈远之后,纯洁的心才会打开一扇门,让灵魂远行,抵达一个淡泊高远的纯净世界。如果一个人的欲望过于泛滥,生命的脚下必是一片焦土、一片汪洋,又何来花香四溢、青翠葱茏的风光?

　　"生命在低处,灵魂在高处。"尊重且敬畏那些低调谦卑的美丽,冷静而达观,恭敬而自足,这不仅是一种人格的彰显,更是一种遵循本性的可贵品质。

　　面对一朵花儿发呆,让躁动的心安静下来。听见花儿的呼吸,一如听从自己心灵的声音,这,何尝不是一种幸福!

伟业如何建立

沈岳明

最近,美国一家网站调查了一千位成功人士,其中包括已经做出重大贡献的科学家和作家、拥有庞大产业的企业家和商人、家喻户晓的超级体育明星和影视明星,以及其他取得巨大成就的成功人士。

这些成功人士中,有百分之九十九说不清楚自己为什么能成功;在成功之前,也没有一套完整的走向成功的计划书。他们有的是凭着感觉,有的是因为勤奋,有的是因为爱好,一直没有放弃对成功的追求,最终成就了人生的伟业。

接着,那家网站又向公众征集一千份最完美的成功计划书。其中包括如何成为一位伟大的科学家或作家,如何成为一位成功的企业家或商人,如何成为一位超级体育明星或影视明星等。经过层层筛选,一千份最完美的成功计划书经专家们反复讨论后终于评选出来了。之所以说这些计划书完美,不仅因为它们极具诱惑力,而且具有可操作性,它们详尽列出每小时应该做的事情,每天应该做的事情,每年应该做的事情,具体到每天休息多少个小时,工作多少个小时,还列出了启动资金和最终成功所需费用。

这一千份完美的成功计划书，让人看后就会产生想实现梦想的冲动，并且坚信自己能够成功。随后，网站又对这一千份完美计划书的拟订者进行了采访。结果发现，在现实中，这一千个人全是未成功人士，或者说正在努力追求实现梦想，但还未成功的人。

为什么手握完美计划书的人不能成功，而那些从没做过任何计划书的人却成功了呢？网站得出结论：人生伟业的建立，不在能知，乃在能行。

世界一点也不稀奇
严文井

从前,当我还是一个小孩的时候,我胆小而且害羞。我喜欢一个人躲在一间阴湿的小房内。

我常常是一个人独自待着。

后来有一天,我不得不离开我的小房间了。

我来到一个月台上。我将要到一个新地方去。我害怕得哭起来。

这时候有一个人走过来,用手抚摸我的脸。

"哭什么?"他问,"好孩子,你的眼睛多么明亮啊!"

他是一个中年人,有一个扁扁的鼻子,一双弯弯的眼睛,一张大嘴,两道笑纹刻在他嘴旁。

"我要离开这里,到别处去。"

"那么,你就因此害怕而哭?哈哈!"

他睨视着我,拿出手绢来揩我的眼泪。"没有什么,不要这样!世界就是这么回事,一点也不稀奇。电灯总是吊在电线的下面,是不是?瓦总是盖在屋顶上,是不是?树叶总是长在树枝上,是不是?你懂得这些就够了。小孩,你一定是不曾外出过的。你惯于躲藏,你也惯于梦想,你却不知道一些平常的东西。哎呀，这似乎是在教训你。你不爱听教训，我再谈一些别的。你知道面包的意思吗？那东西可以止住你的饥饿，此外就再没有什么了不起的价值。别人夸奖你，你就表示高兴；你一个人走，有清静的快乐；你同一个人一起走，你就有了一个伴；你同许多人一起走，你就会感到热闹。只要你敢走，怎么样都好。你应该学会找到你所需要的东西，然后快快活活地唱。世界一点也不特别，张开你的嘴，唱吧！火车已经来了。"

他又跟我谈了好多，他告诉我，他已经旅行过一百次。

我懂，或者不懂，但是我点了点头。他快活地笑了。

于是我来到这个世界上。

疗贫之铭

张恨水

天下最苦人者莫如病，最困人者莫如贫。白香山昔曾为文，谓病有十可却，亦有十不治。人之处病如是，处贫独不然乎？戏仿其意为之。

贫有十可却：冷眼观世，以耳目嗜好，都是虚伪之物。一也。做一件事，不休不止，今日之事，不留于明日。二也。常将不如我者，巧自宽解。三也。早起晚歇，少管闲事。四也。我可尽力者，绝不逃避，乐于领受。五也。室家和睦，无父谪之言。六也。人不能无短处，常自制止。七也。不交酒肉朋友。八也。闲则读启发思想之书。九也。娱乐无味之场合，一概不去。十也。

贫有十不治：恶衣恶食，求与有钱人一样。一也。终日烦恼，无人生兴趣。二也。心灰意懒，做事半途而止。三也。不惜光阴，好做不干己之事。四也。室人聒噪，耳目尽成荆棘。五也。做事不负责任，信用丧尽。六也。以境遇不良，在于运命，不认为人事有所未尽。七也。择友不慎，引入歧途。八也。闲则从事游荡，以慰无聊，无聊不能慰，心绪愈乱矣。九也。好趁热闹。十也。

撰文已，以素纸书之，贴短案竹片灰壁上，作座右铭。顾未三日，与家人或邻人谈柴米油盐琐事如故，予殆自欺也。一笑！

人生赢在"0.8"

湍水石

日本知名"作家医师"、内科医学博士志贺贡，曾提出过一个关于健康与人生的关键数字——0.8。他认为，就健康方面而言，心脏每 0.8 秒跳动一下，也就是每分钟 75 下，是人体循环的最佳状态。烹饪时原本加一匙盐，改为 0.8 匙，不仅最能够引出生鲜食材的原味，而且对肾脏也不会造成太大的负担。他进而指出，人生需要一些舒缓的空间与余地，而不是让身心一直处于紧绷状态。凡事尽力而为，但不要过度追求完美而让自己透支，赔上健康，也牺牲了陪伴家人的时间。幸福在哪里？幸福就在 0.8 之外的那两成空间里孕育着。

人生赢在"0.8"，并不是不求进取，而是给自己留一些空间、一些追求、一些希望、一些寄托，不让自己太满、过溢，让自己能走得更远。比如对一件事情，我们付出了很大的努力，希望收获，但有时付出并不一定就有回报。这时，我们要有"0.8"的思维方式，要有宠辱不惊、从头再来的勇气和力量。凡事留有一点余地，我们才会有耐力把路走得更好、更远，才能享受和谐的人生、健康的生活、活着的快乐。

别想摆脱书

梁文道

　　我相信熟练的读者大概都有这样一种能力，去书店买书或是到图书馆找书，拿起一本书很迅速地翻一翻，一两分钟之内，就能大概知道这是一本什么样的书。这个印象也许并不准确，但是它能够起到一个初步的导航作用。然而电子书却做不到这一点，因为电子书是不能"翻"的，即使可以跳页浏览，你还是会觉得它慢。

　　意大利著名学者安伯托·艾可认为，即使我们会有越来越多的电子阅读器，但书这个东西是一个非常好的发明，是不能被改进、不会被替代的发明。就像剪刀、车轮或者勺子一样，这些东西自从问世之后，就几乎没怎么变过，我们一直在使用，也不嫌它们落伍，也许需要小修小补，但整个形态上的大规模的变化是不必要的。

　　法国知名电影学者尚·克洛德·卡里耶尔说，二十五年前，他在巴黎坐地铁的时候，总是会遇见一个坐在地铁站的长椅上好像在等车的人，这个人身边总有四五本书，天天坐在那里看书。有一天他终于忍不住好奇，过去问这个人到底在干吗，这个人说了让卡里耶尔难忘的一句话：我就是在读书。至于为什么选择在地铁站里读书，是因为那里是唯一一个不用消费就可以一直坐着的地方，而且冬暖夏凉。"我很快走开了，因为我意识到自己在浪费他的时间。"卡里耶尔说。

　　正是因为如此，所以，永远别想摆脱书。

活命哲学

韩美林

我心里始终装着一个"活命哲学":没心没肺,能活百岁;问心无愧,活着不累;心底一汪清水,没有过夜的愁,不生过夜的气,也就没有过夜的病。

人活一生不容易,当然坏人活得更不容易,人得给自己找乐子。我家养着几只小猫小狗,我给这些漂亮、聪明、洋气的小猫小狗起了一个个又土又俗的名字:一只波斯猫叫张秀英,两只小狗叫刘富贵和二锅头,还有一只西施叫金大瘤子。客人听了没有一个不乐呵的。人就得这么活。

"文革"中,我被押在看守所里,用半截筷子在破了又补、补了又破的裤子上作画。"杠子队"一次次踩碾我的手,甚至用刀挑断我的手筋,可那时候我依然非常热爱生活。看守所里什么都没有,头顶上只有几个蜘蛛,我每天看着它们织网,看着它们逮小虫子,看着它们长大,挺有趣。我进去的时候,大墙上只露出三片柳树叶,出来时,小树已长成一棵大树;进去时,树上拴着一头小牛,我出来时,小牛生的小牛正在叫。出狱后,我觉得什么都可爱,连卖冰棍的都让我感到可亲。小动物喜人,小狐狸不狡猾,小老虎不咬人,虎头虎脑不虎心。

出狱后如果见什么烦什么,那我恐怕就一事无成了。

正面思考的力量

吴淡如

有不少朋友都去看了《2012》这部片子。

数千年来，几乎每个国家、每个民族都不断地有人预言，不久后就会有毁灭性的大灾难到来。还好，迄今为止，虽然小灾不断，全面性的毁灭却尚未发生。

看完这种灾难片之后，人们通常有两种反应。一种是为自己可能无法在浩劫中逃生而忧心忡忡；一种则会乐观思考：啊，若活不了多久，则人生应该不要太计较才是，想不开的事也都该想开了，有什么比得上全世界一起毁灭的灾难呢？

如果你的想法属于后者，那么恭喜你，你具有一种千金难买的特质，叫作"正面思考"，你不用看励志书了。

如果把正面思考的能量变成钱，那么，你在一秒钟内就会变成千万富翁。英国有人出了一本书叫作《你真的很有钱，只是你还不知道》，试图把所有快乐的事情和金钱画上等号。

据他们统计，健康的身体，约值一百八十元。第二有价值的是"我爱你"这句话，如果说者出于真心，而你也乐于接受，则你得到的快乐价值一百六十万元。第三是稳定的感情，价值约一百五十万元。

价值百万以上的还有：活在一个安全的国家、有孩子（价值一百二十万元）、和家人相处、笑、度假、读书和看电影。

试想，有人空有亿万家产，却没有了健康；有人什么都有，却流失了青春——你现在拥有的健康与青春确实值钱，你还可以迎接大好未来，可以追求梦想。

这些钱也买不到的东西，虽然宝贵，但常被人们忽略。如果我们俗气把这些都化成有价证券，那么，一秒钟之内你就是个有钱人。

痒

苏岑

痒,是男女间最特殊的感觉。

它不同于疼,不会让你撕心裂肺,但它更胜于疼。为了止痒,人不惜把自己抓挠到疼痛。

每个人都有过这样的感受:如果一只手疼,一只手痒,无一例外地,人一定会选择先去挠痒,然后再去止疼。可见,痒比疼的痛苦来得更迫切。

男女间的很多情事就如同这痒。

第一眼的怦然心动,是痒;辗转无眠的惦念,是痒;求之不得的欲望,是痒;日久生腻的无聊,是痒。

男女之间,不光有七年之痒,相见的第一眼,就是痒的开始。众生如此。得不到,没着没落,心痒痒;得到了,忽而寂寞,身痒痒。

所以才有那么多人,总是不断地在得到与丢掉之间做惯性运动,因为他痒。

止痒,最终极的办法,永远是让自己感受到疼。

痒,是一种欲望。

疼,是一种教训。

常常，那些痒处，最后会被我们抓得见到鲜红的血。疼过之后，人会大喊："痛哉！快哉！"

可见，欲望不见得带来快乐。为了干掉欲望，你不得不受伤。

看多了那些或疼或痒的事，最后明白了：人身上的伤疤，并不是每一处都是因为疼而留下的，更有那许多，是因为痒。

低 调
马 德

真正有大智慧和大才华的人，必定是低调的。才华和智慧像悬在精神深处的皎洁明月，早已照彻了他们的心性。他们行走在尘世间，眼神是慈祥的，脸色是和蔼的，腰身是谦恭的，心底是平和的，灵魂是宁静的。正所谓，大智慧大智若愚，大才华朴实无华。

高声叫嚷的，是内心虚弱的人；招摇显摆的，是骄矜浅薄的人；上蹿下跳的，是奸邪阴险的人。他们急切地想掩饰什么，急迫地想夸耀什么，急躁地想夺取什么，于是，这个世界因他们而咋咋呼呼，而纷纷扰扰，而迷乱动荡，而乌烟瘴气。这些虚荣狂傲之辈、浅陋无知之徒，像风中止不住的经幡，像水里摁不下的葫芦，他们是不容易沉静下来的。

张扬、张狂、张牙舞爪，到头来，不过是一场浮华的热闹，当绚丽散去，当喧嚣沉寂，生命要迎接的，是形影相吊，是门前冷落，是登高必跌重的惨淡，是树倒猢狲散的冷清，是说不尽的凄婉和苍凉。

低调，不浓、不烈、不急、不躁、不悲、不喜、不争、不浮，是低到尘埃里的素颜，是高擎灵魂飞翔的风骨。

低调的人，一辈子像喝茶，水是沸的，心是静的。一几，一壶，一人，一幽谷，浅酌慢品，任尘世浮华，似眼前不绝升腾的水雾，氤氲，缭绕，飘散。

茶罢，一敛裾，绝尘而去。只留下，大地上让人欣赏不尽的优雅背影。

夏天的到来

〔美〕约翰·布罗斯 林 荇译

  浓阴匝地,那是夏天来临的第一个暗示。你可以看到田野上它在树下的阴凉的环影,或是树林里它更为深浓和凉爽的隐居地。在河流对面的山坡上,好几个月在早晨和正午的阳光下只稍微有些阴影的痕迹,或者说阴影的线条构成的浮雕细工;但在五月的某个早晨我远眺时,看见大块密无空隙的阴影从树木斜落在山坡的草地上。眼睛对它们是多么神往!树木又披上了盛装,神情健康;数不清的叶子沙沙作响,向人们预许来临的欢乐。现在树木都有了感觉,它们可以思索和幻想,它们因感情而激动,它们在一块交谈,它们在黄昏低语做梦,他们跟暴风雨搏斗挣扎。丁尼生说它们:被烈风抓住,殴打。

  夏天总是由六月来体现,胸脯上挂着一串串雏菊,手中握着一束束开花的苜蓿。这些花草出现时,在季节的交替上又打开新的一章。一个人会自言自语说:"好了;我又活着再次看到雏菊和闻到紫苜蓿花的香气啦。"他温柔怜爱地采下那第一批鲜花。在人们的心中,一种花的馨香和另一种花的充满青春朝气的面貌会产生多少值得怀念和回忆的东西啊!没有什么别的东西像苜蓿的香气：那是夏天少女般的气息，它提醒你的是一切清新美好朴素的东西。一片开着紫花的苜蓿田，这里那里散布着星星点点雪白的雏菊；在你经过时香气一直飘到大路上，你听到蜜蜂的嗡嗡声，食米鸟的啼唤，燕子的啁啾，还有土拨鼠的嘘嘘声；你闻到野草莓的气味，你看到山冈上的牛群；你看到你的青春年代，一个快乐的农家少年的青春时代在你的眼前出现。

不学英语

夏炎

日本著名文化学者岸根卓郎在《文明论——文明兴衰的法则》一书中说："放弃母语，是通向文明毁灭的捷径。"

日本人益川敏英在大学读书的时候，英语成绩是全年级最差的，无论他怎么努力，都提不起学习英语的兴趣。他去问自己最信任的教授，教授回答："英语不好，就无法和外国学者进行学术交流；英语不好，有许多新知识你就无法领会；英语不好……"于是，他有些绝望了。一天，益川敏英来到餐馆，刚坐下，就有一只猴子飞快地跑过来，把一瓶酒和一个杯子在他面前摆好。这只穿着格子衬衣的猴子"侍应生"在餐馆里麻利地穿梭，手脚并用，令他非常好奇。老板解释说："人也好，动物也好，总有一项能力胜过其他同类。只要你寻找到了，并不断地挖掘它，训练它，持之以恒，就有成果。现在，欧洲的猪不是也能排雷了吗？"益川敏英忽然觉得，英语学得不好不那么可怕了，重要的是自己得把物理学学好。

大学毕业后，益川敏英留在了名古屋大学进行物理学研究，后来又去了京都产业大学进行自发对称性破缺的研究，凭着"六元模型"实验的成功获得了2008年诺贝尔物理学奖。他是继四十年前川端康成之后，又一位用日语发表演讲的获奖者。会后有记者问他："您打算学英语吗？"老先生回答得特别干脆："不学！"

奇迹在坚持中
曹卫华

这是发生在我大学期间的一件事，至今犹记在心。

公共课《社会学》的老教授给我们出了这样一道题目：如果一件事的成功率是1%，那么反复尝试100次，至少成功1次的概率大约是多少？备选答案有4个：10%、23%、38%、63%。

经过十几分钟的热烈讨论，大部分人都选了10%，少数人选了23%，极个别人选了38%，而最高的概率63%却被冷落，无人问津。

老教授没作任何评价，沉默片刻后，微笑着公布了正确答案：如果成功率是1%，意味着失败率是99%。按照反复尝试100次来计算，那失败率就是99%的100次方，约等于37%，最后我们的成功率应该是100%减去37%，即63%。

全班哗然，几乎震惊。一件事倘若反复尝试，它的成功率竟然由1%奇迹般地上升到不可思议的63%。

有一句名言是这样说的："要在这个世界上获得成功，就必须坚持到底，剑至死都不能离手。"其实任何人成功之前，都会遇到许多的失意，甚至难以计数的失败。你选择了放弃，无疑就放弃了一个成功的机会，因为轰轰烈烈的成功之前的失败，往往离成功只有一步之遥。自古以来，那些所谓的英雄，并不比普通人更有运气，只是比普通人更有锲而不舍、坚持到最后的勇气罢了。

最奢侈的是自主
陈 彤

真的有自由又快乐的人生吗？

自由就是你可以不做任何你不想做的事，你可以拒绝它们。但相应的，你想做的事也不能太多。

你喜欢这种自由吗？假如你喜欢，很容易，你无须考虑任何人的感受，一切按照自己的意愿——凡是让自己不高兴的事、不喜欢的人，直接摆出一张臭脸，或者索性扬长而去。自由不过是不做不想做的事，但我们更向往的其实是做自己想做的事。

很早以前看过一部美国电影《真情假爱》，其中有一个物质女郎，聪明、漂亮、性感，周旋于富人之间。有一天，她邂逅了电影中的男一号，男一号问她："为什么要这样？是为了钱吗？"她有一句著名的台词是这样说的："我并不爱钱，但我知道钱能带来独立和自由，我喜欢的是独立和自由的生活。"

什么叫独立和自由的生活？

说穿了，就是自主——自己决定自己的生活方式、娱乐方式、工作方式、恋爱方式、休闲方式等。你不喜欢住在破胡同里，好，你可以住别墅；你喜欢冬天到阳光明媚的海滩享受日光浴，去吧；甚至，你想要挽救濒于灭绝的华南虎，没问题，去做就是。

对于一个人来说，不做自己不喜欢的事并不难，难的是能够做自己真正喜欢的事，并且不必考虑成本。

西方有句谚语：女人要吻过很多只青蛙，才会吻到王子。自主的生活，也如同我们梦想中的王子，一般不会一开始就摆在我们面前。在得到之前，我们可能也要做一些不那么爱做的事，干一些不那么爱干的活——要经历好多"青蛙"，然后才会梦想成真。

珍重身上衣

铁 凝

曾经去国外参加文化交流，花很多钱买了一件非常漂亮的衣服。因为太喜欢，所以舍不得穿，除非参加重要会议或在需要表示诚意的场合才穿上身。因为使用率太低，我慢慢忘记了有这样一件衣服。换季时，家人帮我整理衣柜，我才想起它。躲过水洗日晒，它依旧笔挺，款式却已经过时。讪讪地把它小心包好，继续收进柜底，回味起初对它的喜欢，我忍不住感叹那些快乐都成了落花流水。

年轻的时候，也曾经喜欢过什么人，对方的一点一滴、一颦一笑都让我有无尽的话想要表达。但我总是怯于启齿，小心翼翼地把那些心事静静地窝在心里，折叠得整整齐齐，幻想有一天会勇敢地站在他面前，"扑啦啦"全部抖开。等啊等，最终，这些情愫就像一粒种子，种在晒不到太阳又缺乏雨露的泥土里，只能腐烂在密不透风的土壤中。

我们都太喜欢等，固执地相信等待永远没有错，美好的岁月就这样一日又一日被等待消耗掉。生命中的任何事物都有保鲜期。那些美好的愿望，如果只是被郑重地供奉在期盼的桌台上，那么它只能在岁月里积满尘土。当我们在此刻感觉到心中的酸楚，就应该珍重身上衣、眼前人的幸福。

一期一会

〔日〕大津秀一　语妍译

有一个患者,当他在京都病得很严重,快不行了的时候,他的朋友从北海道、九州、美国等地飞来看望他。朋友们围在他的床前,他强打精神,努力想把朋友们的样子牢牢记在心底。

其实,在他健康的时候,明明有很多机会和朋友见面的,可是,因为各种各样的原因,大家都没有这么做,天南海北,各自忙碌。生病之后,人的记忆力衰退,脑子也变得混乱,有时候会认不出眼前的人,甚至完全忘掉朋友,还有些人因为身体实在虚弱,没有力气和朋友好好聊天、相聚,整天都处于昏睡状态。

"有思念的人,现在就去相见吧。越过那座山,立刻去相见。"不,应该是越过大海,穿过云层,立刻相见。如果不付诸行动,只是在心里想,想着想着,几年就过去了。

我们都应该抱着"一期一会"的观念生活。这是日本茶道中的词,来源于十六世纪茶僧千利休的弟子山上宗二。"一期"就是一生,"一会"就是一次相会,说的是人生的每一个瞬间都不能重复,所以每一次的相会都是仅有的一次。其用意是提醒待客以茶者珍惜每次的相会和每一个相对喝茶的机缘,为可能仅有的一次相会付出全部身心，专注于对面的人、口中的茶，还有院子里花落的声音。

无论对方是谁，这一次的见面有可能就是最后一次。住在远方的朋友就更是如此了。所以，有了想见的人，就和他见面吧，然后在见面时，彼此真心地交谈、相聚。

时刻记得，一期一会。

生活的次序

陈 刚

人们用来了解别人的时间太多，用来了解自己的时间太少。

在资讯泛滥、八卦鼎沸的今天，这一先天的隐疾被充分激活，恶性膨胀。

在终日埋头于电脑、出入于网络的生活中，我们给自己留下的空间有多少？大到人生的走向，小到衣食住行的选择，有多少是随波逐流的跟风，又有多少是自知之明的判断？

人要有独立的人格、独立的生活，须明白三件事情：我想干什么？我能干什么？我必须干什么？

我想干什么指向的是理想，我能干什么检验的是能力，我必须干什么意味着生存。人生的纠结，往往源于在平衡这三个问题的次序时出现了混乱。

我们想干的事太多，能干的事太少，必须干的事又太苦、太难。

网络资讯在缩小世界的同时，也放大着眼界与欲望，让人们时时处于物质短缺的饥渴之中。而资讯的泡沫又将乌鸡变凤凰的神话，演绎成似是而非的人间故事。这样，就将本应是生存所必需的日常劳作，变得痛苦不堪。

人身上的伤疤，并不是每一处都是因为疼而留下的，更有那许多，是因为痒。

诗人兰波说：生活在别处。但真实的生活中，能容你栖身的空间又在哪里？

我们还是把自己的生活次序调整一下吧！先理清自己必须干的事情，尽己所能将它完成；然后，再根据完成的程度来对自己的能力做出判断；有了判断，再去勾画我们想要的未来。

这样的日子也许才是靠谱的日子，这样的生活也许才会令你少些抱怨，多些成就。

心灵的宁静

张国宝

年轻时,我和许多人一样,曾着手把一切自认的人生美事、人生渴望列成一张明细表,其中包括健康、英俊、爱情、智慧、才能、权势、名誉、财富……

清单完成后,我十分得意地把它交给一位聪明睿智的长者过目,他是我当时的良师,也是我精神上的典范。

我把表单递给他,自信地说:"这是生命中最大美事的总汇,若都能拥有,我就拥有最幸福的人生了。"

那位老人的眼睛深处闪过一抹谐趣的光芒,他告诉我:"这张清单棒极了。"接着又若有所思地指出,"内容汇集得很齐全,顺序也安排得很合理。可是,年轻人,你似乎漏掉了最重要的一项。如果没有这一项,那所得的种种就都会成为可怕的痛苦。"

"哪一项没有列进去呢?"我问。他拿起一支红笔掠过表单,把我所有的青春美梦一笔勾销。他在表单上写了几个字——心灵的宁静。

我当时迷惑不解。许多年来我不停地追逐着我的这些梦想,却发现自己始终得不到想要的充实和快乐。

如今我终于理解了老人的话,唯有获得心灵的宁静,才能拥有真正的生命,也才能不再为烦恼所扰。

当时光精确到数字
冰莲花

看到一道很特别的算术题：一个年轻的妈妈22岁生下孩子，朝夕相处了19年后，孩子外出闯世界了。如今，孩子有半年时间没有见妈妈了。他算了一下，妈妈现在41岁，如果妈妈能活100岁的话，也就只剩59年了；如果他再这样半年回家看妈妈一次，母子就只有118次见面机会了。

我的心着实一凛。

还是和数字有关的。我刚刚给孩子们讲完《再塑生命》——那位眼睛看不见、耳朵听不见、口说不出的海伦·凯勒的文章。我要孩子们想一想：如果你的生命只剩下最后一天，你会去干什么？

孩子们有些不知所措。

你一定会去做自己喜欢做的事情，见你想见的人，吃你想吃的食物，欣赏你想欣赏的风景吧？

孩子们对于我的引导反应强烈，纷纷点头表示同意。我告诫他们也告诫自己：不要等到属于生命的数字被压缩到"一"的时候，才视之为宝！

和爱人聊天。我问："无论男人还是女人，一辈子和谁生活在一起的日子最多?"

最初,他说是和父母,略想一下又否定了。算下来,几十年的光阴,夫妻生活在一起的日子最多。

计算让我们明白了一点:共同拥有的日子里尽量使彼此快乐,这才算得上一个完整且不觉遗憾的人生。

当时光精确到数字的时候,我们恍然惊觉,原本以为可以大把挥霍的生活,竟然少得令人心跳加速。它犹如一把锋利的尖刀,划开你的肌肤,让你疼痛。

感谢时间给了我们这样的痛感,它提高了我们感知幸福的能力。

不　忍
蒋　勋

　　任何一种状态的生命，不管是植物、动物，还是人类，都应该被祝福——阳光祝福他，空气祝福他，水祝福他，使这个生命成长，就像一朵花在开放一样。

　　台湾有一种很高的桐木叫油桐，油桐果可以榨油，木材可以做木屐。可是后来桐油和木屐很少用了，所以漫山遍野就是当年种下的桐花林。

　　四五月间如果有机会去台湾，车子过高速公路，可以看见山的两边全是白花花的一片，非常美。现在台湾有个"桐花季"，像日本的"樱花季"一样，人们也在桐花树下规划出很多的小路。

　　桐花很特别，它开过以后会大片大片地飘落。我站在一棵开满桐花的树下，大概五分钟没有动，身上便落满了桐花，地上也全是桐花。

　　有一次我在桐花林里走，看见一位妈妈带着一个小男孩，小男孩在地上玩，他妈妈在远处跟别人聊天。

　　突然小男孩大叫："妈妈，妈妈……"原来在他玩的时候，不知不觉他的周围已经落满桐花，当他站起来想找妈妈时，不知道该怎么办了。他不忍心踩那些花，因为每一朵花都好漂亮，所以他就一直叫妈妈。他妈妈却说:"笨蛋,过来。"

有时候大人稍微不小心,就会忽略孩子心中的善意和美。这位妈妈又一次说:"笨蛋,你过来啊。"我忍不住过去问她:"你儿子几岁了?""五岁了。"我说:"真了不起!如果他五岁了还舍不得去踩一朵花,我相信他一生都不会随便去伤害生命的。"

善意和美、美的感动其实是在一起的。有善意的人舍不得踩踏、毁坏美的一切。

普通人的高妙

格 非 口述　吴虹飞 整理

克尔凯郭尔说过一句话：所有人认为重要的事情，在我看来一钱不值；所有人认为不重要的事情，在我看来性命攸关。

我知道每个人对待生命的态度是不一样的。比方说现在很多白领，那些成功人士，过的是完全秩序化、标准化的生活，表面上看很好，谈笑风生，但是我相信有些人的内心可能是一片荒芜。有些人看起来很普通，很"闷"，但内心可能是一个诗人，有着大气度。我喜欢这样的人，喜欢现实生活中那些真实、可亲的人。当然，也喜欢那些爱做梦的人。

我很喜欢胡兰成的一篇文章，好像叫《平人的潇湘》，里面讲了一个故事：一对男女定了亲，男的去打仗，一走杳无音信，女的就再嫁了。后来男的战死了，尸体被送了回来。女人已经有了孩子，忽然想起这个人，想起他对她的恩情，于是她千里迢迢去替他收尸，在他的坟头大哭，哭完之后回去继续与她的丈夫过日子。她不是贞节烈妇，因为她改嫁了。最后又来替他收尸，说明她没有忘记人世间的大义。

我相信现实生活中，普通人的心中，会有很高妙的东西。你看一个民工，或一个耕地的老农，看起来没有什么文化，你怎么知道他内心的世界呢？他只是不会说而已。人与人之间的差别其实非常小。

现实生活中，有许多普通人，有着简单的欲望和喜怒哀乐，他们的生活虽然平淡，但是神圣不可侵犯，所以你根本没有理由抱着说教的态度，让别人改变生活。事实上，你只能让生活本身来改变你。

一心一境

林清玄

　　小时候，我时常寄住在外祖母家，有许多表兄弟姐妹，每次相约饭后要一起去玩，吃饭时就不能安心，总是胡乱地扒到嘴里咽下，心里尽想着玩乐。

　　这时，外祖母就会用她的拐杖敲我们的头说："你们吃那么快，要去赴死吗？"

　　这句话令我一时呆住了，然后她就会慢条斯理地说："吃那么快，怎么会知道一碗饭的滋味呀！"当时深记着外祖母的话，从此，吃饭便十分专心，总是好好吃了饭再出去玩。

　　从前不觉得这两句话有什么了不起的地方，长大以后，年岁日长愈感觉这两句寻常的话有至理在焉，这不正是禅宗祖师所说的"吃饭时吃饭，睡觉时睡觉"那种活在当下的精神吗？

　　"活在当下"看来是寻常言语，实际上是一种极为勇迈的精神，是把"过去"与"未来"做一截断，使心思处在一心一境的状态。一个人如果能每时每刻都处于一心一境的状态，就没有什么困难能牵住他，也没有什么痛苦能动摇他了。

每个人都有影响力
查一路

不是只有明星或政坛人物才可以引领潮流或掌控局面，我们普通百姓也都有各自的影响力。只是普通百姓的影响力往往不够明显，不够闪光和耀眼，也不那么立竿见影，但千万别因此忽视了普通人的影响力。

日本农学博士远山正瑛二十世纪八十年代来中国种树，一直种到九十岁，每天在中国的恩格贝种树十小时。在他的影响下，日本有七千三百名志愿者来到恩格贝种下树木三百多万棵，染绿黄沙三十万亩。一个人，二十年，让茫茫的沙漠一角，奇迹般地冒出绿洲——这就是影响力。

日常生活中，一个人不经意的行为或者一个微不足道的细节，足以影响一件大事。这种影响力往往是隐性的，不去细心体察，你就很难发现。

一位从沿海回来的朋友准备到内地投资，重点考察了 A 城和 B 城。在 A 城，他坐在街头擦皮鞋，擦皮鞋大姊的一个动作让他对这个城市死了心：那个大姊先把他的一只鞋的鞋带解开，擦完等他付了钱才系上。这个细节让他不得不怀疑这个城市市民的道德水准——一定是有人擦完鞋没付钱跑掉过。在 B 城，他搭了五次出租车,下车前,五位司机都提示:先生,请带好您的随身物品。

最终,他把企业办在了 B 城,B 城因此有五千人上岗就业,B 城的税务部门每年也因此获得上亿元的税收——这就是一位擦鞋大姊和几位出租车司机的影响力。

我儿子每次饭前便后都很认真地用洗手液洗手。有时候时间紧,我就试着和他商量:就不能稍微马虎一点吗?他很果断地摇着头说:这怎么可能,我从上幼儿园的时候就养成了这样的习惯!

可想而知,这是一位幼儿园老师的影响力。在有些人的意识中,幼儿园老师不就是带孩子玩玩嘛,有那么大影响力吗?答案当然是肯定的,她们的教育足以影响一个人一生的行为习惯。

日月星宿也连成一线

张小娴

巴西作家保罗·科埃略的寓言小说《炼金术士》里，一个牧羊少年追随一个再三出现的梦境，经历了一段奇幻之旅。故事之中，老人对少年说："当你真心渴望某样东西时，整个宇宙都会联合起来帮助你完成。"

你相信吗？我们多么愿意相信人间真有这种美事！

宇宙不会帮助你不劳而获，它只是给你提示和象征，路还是要你自己走。

当一个人愿意聆听自己的内心，跟随自己的梦，时刻留意生命里出现的种种征兆，便有机会愿望成真。

生命会在某个时刻召唤我们，或者是透过梦境，或者是一本书、一部电影、一句箴言、一首歌，甚至是一次意外。是否聆听，选择在我们。

你曾否真心渴望某些事情？当你真心渴望恋爱，机会便会出现。我是这样相信的。如果机会还没出现，只是你没有留意身边的一切，或者是你还不肯放下另一个人。当你真心渴望变得漂亮，你不一定会变成天仙，但肯定会比原本漂亮。你当然不能什么也不做，美丽是需要努力的，除了勤加保养之外，也要追求心灵的进步,更不要摧残自己。

我们或许都需要偶尔安静下来,聆听自己灵魂的声音,时刻准备响应生命的召唤。

当你真心渴望某样东西时,日月星宿也会连成一线来帮助你完成。

这样想的话,人生会美丽一些。

三十秒的测验

锄 禾 编译

不必拿笔和纸,只管往下读。如果你答不上来,就继续下一道题。

说出世界上最富有的五个人;说出最近的五名诺贝尔奖的获得者;说出五位世界小姐冠军得主;说出五位普利策新闻奖的获得者;说出最近五位奥斯卡金像奖最佳男演员和最佳女演员的获得者。

你的答案如何?

很可能,我们没有记住那些重要人物。他们都是某个领域里最棒的人物,但是,掌声会过去,奖杯会暗淡,成绩会被遗忘,赞扬和证书也会随着它们的主人一起被淡忘。

现在还有一个测验,看看这次答得如何:说出在你的学习生涯中帮助过你的三位老师;说出在你困难时帮助过你的三位朋友;说出教你学会做有价值的事情的五个人;说出让你感激并让你觉得特别的五个人;说出你愿意与之共度快乐时光的五个人。

容易些了吧?

你得到了什么启示?

真正影响你一生的人并不是那些拥有最多荣誉、最多财富或是最多奖杯的人,而是那些关心你的人。

活得过瘾
严歌苓

假如说生命有度——把心与身的存在状态从低到高排列成刻度，那么"瘾"就是一种超乎寻常的生命度。

《纽约客》上曾有一篇文章，讲到二十世纪六十年代美国艺术家们的生活方式时，总结道："他们或许活得不长，但都活得很浓烈。"

写作之于我，便是一种秘密的过瘾。我每天写作，就图这份浓烈。一连多日不写，就如半打盹儿地过活，新陈代谢都不对了，完全像犯了毒瘾的人。对我来说，生命一天不达到那个浓度和烈度，没有达到那个敏感度、兴奋点，瘾就没过去，那一天就活得窝囊。

然而，能不能过上那把瘾，取决于你认不认真，是否全身心地投入。

练瑜伽功的打坐，只有彻底投入才能进入佳境，出神入化。而投入的过程，往往不无痛苦。要多大的毅力、多严明的自律，才能勒住意念的缰绳？半点消极怠工都会让你前功尽弃！因为那涅槃般的极致快乐就在认真单纯的求索后面，就在那必不可缺的苦头后面。

不认真的爱情，我不能从中获得享受；不认真做人，我就会活得不爽透。

就连最不费事的瘾也没那么好过。酒是辣的，咖啡是苦的，人间极乐之事，无不是苦中作乐。中国人最喜欢的两样东西——茶叶和白酒，难道不是滋味最复杂、最不惬意的吗？看看人们品茶、品酒时的表情，龇牙咧嘴，苦不堪言。喝糖水不痛苦，却也不过瘾。原来小小地受点儿罪，大大地经历一番刺激，然后灵与肉得到一种升华，这种超饱和状态，就叫过瘾。那和我每天长跑、打坐、写小说所过的瘾，本质上有什么不同呢？

本质上都是要从自己的躯壳里飞出来一会儿，使自己感到这一会儿的生命比原有的要精彩。这时，你愿意宽恕，与世无争——为了满足那"瘾"，你不和世人一般见识。你相信他们身不由己，而你有那样一个秘密的办法，能给自己一刹那的绝对自由。

故事也要实在
明德伦

销售葡萄酒的商人与葡萄酒品鉴家在交谈。

商人:"外国红酒为什么那么贵?用的不也是那几种葡萄吗?"

品鉴家:"一瓶三千元的酒,味道值一千,故事值两千;一瓶十万元的酒,味道值一万,故事值九万。"

商人:"这样啊?那我也好好编故事就是了。"

品鉴家:"你编的故事,有整有零,值三十二块五毛四。人家的故事有两个特点:1. 有基本的事实依据;2. 故事的整理和传播,更多地遵循文化价值而不是商业价值。为了销售而现编故事,是卖不出价钱的。"

确实如此,至少有两点可以佐证:

1. 法国人的葡萄园一平方米最多种一棵树,一棵树的葡萄最多酿一瓶酒,品质稍高的酒,单棵树的产量就要更低;我们最大的葡萄酒生产商,二十五万亩果园酿了二十万吨酒。每亩地是六百六十六方米,每吨能装一千三百三十三瓶,自己算。

2. 法国著名酒庄的正牌产品要求树龄至少三十五年。我们直到二十世纪八十年代末才开始有零星几家酒厂试酿严格意义上的干红，然后才开始引入相关的葡萄品种。我国葡萄酒的酿造历史虽有两千年，但那时是"蒲陶（葡萄）汁一斗，加曲四两"，不是今天这回事。

为了创业，肯定要讲故事，但故事得实在。

永不忘怀

鲍伯·伯克思 董小源 译

彼时我曾言:"我将永不忘怀!"
但我依然将其遗忘。

写下文章标题后,许多画面涌入脑海,无论是握手、言别或问候,还是那些欢乐的时光,它们在我的生命里如此重要,以至我曾深信不疑:"我将永不忘怀。"但我依然将其遗忘。

母亲离世时,我抬头看着墙上的时钟,多想让钟摆永驻在她停止呼吸的那一刻。而时至今日,我已然忘记那一刻是哪一刻。我知道她离开了我,但我更多能记起的是和她共同度过的那些美好时光。

当法院判决我和妻子正式离婚的时候,我曾确信自己绝对无法忘记那一天。那一天是多么难熬。握着法院寄来的邮件,我的手颤抖不已。打开判决书,上面印着的日期是如此醒目。"我将永不忘怀。"但我依然将其遗忘。

我也曾想牢记儿子每次做化疗的日子,这样的想法终被时间冲淡,他的康复让我卸下了心中的忧虑,那些日子也随之模糊在了记忆深处。

在街头目睹车祸发生的那一瞬间,我以为自己永远也无法遗忘那被眼泪浸透的衣服,被鲜血染红的双手。那个年轻人的遭遇让我受了惊吓,我以为我心中的创伤永远也无法愈合。"我永远也忘不了那一天。"今天我却记不清那一天是哪一天。

我们的人生拥有那么多"无法忘怀的时刻",也许你可以记得大概发生了什么,却无法记得每一个细节。因为无论今天的你遭遇着怎样的不如意,前方总有一片晴天在等着你。过往虽留有痕迹,但伤痛早已被时间带走。

未来,你的心中会充满小小的喜悦,涓流般缓缓淌过你的心田,冲淡所有不堪的回忆。

是的,这就是人生,不乏痛苦的时刻,让你无法释然,以为"我将永不忘怀"。挣扎在生活这片海域里的你,总会遇见惊涛骇浪,它们有的会将你打翻,有的则把你安全地带到岸边,还有一些会将你高举,让你看见更远的世界,知道自己并非孤单一人。在天与海相接的那一边,许许多多的船只上,将有你的同路人。你会感受到亲朋的关爱,也会得到陌生人的温暖。

人生的迷人之处就在于,高潮会将低潮取代,欢喜会将恐惧赶走。你以为的"永不忘怀"也终将被海浪带走,唯需记得永远不变的爱。

教 养
蔡 澜

教养这东西，人家都以为要出身名门才能拥有。其实这是一种常识，只要稍加注意都可学到，和你的出身没有关系。

没有教养的人，是懒惰的人、不求上进的人。他们无可救药，一见大场面就出丑，在外国旅行被人歧视，也是活该的。

当今大机构聘请职员，最后的面试大多在餐厅进行。

主人故意迟到，看你是不是一坐下来就先点菜不等别人。你酗不酗酒，主人也能立刻知道——忍不住的人一定先来一杯烈的。

菜上来，看你拿筷子，姿势是否正确倒没太大关系；那碟炸仔鸡，你有没有乱翻之后才夹起一块，就决定了你的命运。

吃东西时，啧啧有声，更是大忌。有教养的人怎么会做出这种丑态？吃就吃，为什么还要啧啧啧啧？

父母没教你，那是上一辈人的错，不能完全怪你。但是你出来做事，连这点基本的餐桌礼仪都学不会，若派你去和对方的大老板谈生意，人家听到你啧啧啧啧，先讨厌了，一定谈不成。

有些时候，不必从餐桌旁看到，连面也不必见，听你的电话就能知道。

"等一下！"你说。管理阶层已皱眉头，为什么不会说"请等一下"？这个"请"字，就那么难说出口吗？

"是谁找他？"

为什么不说："请问您是……"

没有教养的女人，比没有教养的男人更加不能容忍。快去向苏州姑娘学习吧，她们的每一句话都像在征求你的意见。即使命令手下："把那个东西拿来！"也会说成："请你帮我把那个东西拿来好不好？"

听到没有教养的人说话，我从不当面指正。教养这东西是自发的，自己肯学一定能学会，并非高科技。

等待梦中的节日

于 丹

2011年4月,我去了一趟印度。一路很辛苦,坐飞机到新德里,再从新德里坐火车,咣当咣当在伟大而混乱的印度铁路上颠簸八个小时,然后再换汽车,到站后,再换很小的那种蹦蹦车。经历那么多路途,最后到恒河边,去赶昆梅拉节——印度十二年一次的沐浴节。我看见成千上万的人从各地徒步而来,在那个地方我才真正知道什么叫摩肩接踵,因为你身上会粘着不同人的汗味。你经常会看到那些粗糙的脚后跟就在你的眼前,抬头是男人顶着的一个一个的包袱,低头是女人手里拉着的一个一个的孩子。他们比我们辛苦多了,千山万水走过来,来到恒河边。在三个月的时间里,据说会聚集一两千万人。他们为什么到这里来?我曾经在四十多摄氏度的炎炎烈日下问一个又瘦又小的印度人,这么重要的一个节日,为什么不能每年都有一次,干吗要等十二年呢?他很平静地跟我说,如果不经过这么长的等待,心里怎么会有这么深刻的喜悦,怎么会有这么平静的喜悦呢?那时候我很感动,因为他耐得住寂寞去等一个梦想中的节日。那是一个很隆重的解释,那也是一个很俭朴的仪式,因为一切都在水中。

如果有梦，哪怕我们是一粒轻沙，越过千山万水去演绎这一幅一幅沙画，最终，梦想会变成我们生命中真正不得剥夺的资源。当我们走的那天，钱不能带走，房子不能带走，孩子不能带走，我们唯一带走的是这些曾经的经历，而鼓励我们去积累这些经历的，只有一个，那就是梦想。

古代妈妈的一封信

杨 暖

古人写信很有意思。

这是古代妈妈写的一封信,母亲写给儿子的。也算不得信,寥寥几十字,只当是一简短的手函。简短,字微,充分发挥了中国汉字的蕴藉和古典,有妙趣。

阅儿信,谓一身备有三穷:用世颇殷,乃穷于遇;待人颇恕,乃穷于交;反身颇严,乃穷于行。昔司马子长云:然虞卿非穷愁,亦不能著书以自见于后世云。

是穷亦未尝无益于人,吾儿当以是自励也!

写信的母亲叫郑淑云,是明代女作家。我没有读过她的作品,单从这一短笺,倒也叫我生出三分钦佩。

信里,郑妈妈是这样讲的:

人的这一生时常会遭遇三种困顿,千古有之,孩子,你要做好心理准备。

第一种困顿,拥有卓越的才华,却遇不到好的平台和机遇。

第二种困顿,以一颗诚挚宽厚的心待人,却没有交上值得交的好朋友。

第三种困顿,对自己严格要求,时常反省,却无法按照自己的意愿生活。

最后,这位妈妈抚慰儿子,即使人生的际遇如此,也未尝没有好处。孩子你要多读书以自励,不要放纵自己呀!

这样的妈妈,真强大。她的爱,不狭隘,不灰暗,是一个经过风雨历练的女人在看过人生百态后,饱含仁慈宽厚的生命之爱。她爱孩子,爱生命,更能用她的爱,给孩子一个有力的人生。

写给幸福
席慕蓉

在年轻的时候，在那些充满了阳光的长长的下午，我无所事事，也无所惧怕，只因为我知道，在我的生命里有一种永远的等待。挫折会来，也会过去，热泪会流下，也会收起。没有什么可以让我气馁，因为，我有着长长的一生，而你，你一定会来。

今天，阳光仍在，我已走到中途。在曲折颠沛的道路上，我一直没有歇息，只敢偶尔停顿一下，想你，寻你，等你。

雾从身后轻轻涌来，目光淡去，想你也许会来，也许不会，我开始害怕了。

也开始对一切美丽的事物怜爱珍惜。不管是对一只小小的翠鸟，还是对那结伴飞旋的喜鹊；不管是对着一颗年轻喜乐的心，还是对着一棵亭亭如华盖的树，我总会认真地在那里面寻你，想你也许会在，怕你也许已经来过了，而我没有察觉。

日子在盼望与等待中过去，总觉得你好像已经来过了，又好像始终还没有来，你到底在什么地方？你到底是什么模样？

总有一天，我也会跟所有的人一样老去的吧？总有一天，我此刻还柔软光洁的发丝也会全部转成银白，总有一天，我会面对一种无法转圜的绝境与尽头；而在那个时候，能让我含着泪微笑着想起的，大概也就只有你，只是你了吧？

还有那一艘我从来不曾真正靠近过的，那小小的张着白帆的船。

小丑和维纳斯

〔法〕波德莱尔

多么美好的日子！广阔的公园在太阳灼热的目光之下神魂颠倒，仿佛年轻人都处于爱神的控制之下。

万物都心醉神迷，却不用任何声音表达出来，连流水也都像入睡了。跟我们人类的喜庆大不相同，这里只是举行沉默的欢宴。

就像有一种不断增强的光使万物光华焕发，兴奋的白花也似乎燃烧起一种渴望，要用它们的色彩跟天空的蔚蓝相媲美，炎热把花香变成可见物，使它像轻烟一样向着太阳上升。

可是，在万象欢欣中，我却看到一个伤心人。

在一尊巨大的维纳斯雕像的脚下，一个伪装的痴子，一个在帝王们感到悔恨或是受到无聊的困扰时要负责逗他们发笑的志愿小丑，穿着鲜艳夺目的滑稽服装，头上戴着系有铃铛的尖角帽子，把身体缩成一团紧靠着雕像的台座，他抬起充满泪水的眼睛望着不朽的女神。

他的眼睛像在说："我是人类中最下等、最孤独的人，被剥夺了爱情和友谊，在这一点上，我连最下等的动物都不如。可是，把我生出来，也是为了让我理解和领会不朽的'美'啊！唉，女神，请怜悯我的哀伤和狂妄吧！"

可是，无情的维纳斯张着她的大理石的眼睛，不知凝望着远处的什么。

人生大器
邱裕华

　　古希腊著名政治家伯里克利任雅典首席将军时,由于进行了一系列改革,反对者甚众,常常被人当面辱骂,但他从不动怒。一天傍晚,一个市民闯进伯里克利的屋子,对着他骂个不停。伯里克利静静地坐在那儿,任由对方发泄。那人怒气消了,准备回家。伯里克利看到天已经黑了,便对仆人说:"外面看不清路了,你去点一盏灯,送这位先生一程。"

　　有一次,英国王室在伦敦为印度客人举办了一场宴会,宴会由温莎公爵主持。大家觥筹交错,气氛很融洽。最后一道餐点结束时,侍者给每个人端来了一盘洗手水。看到银盘里清澈的凉水,印度客人端起盘子一饮而尽。作陪的英国贵族顿时目瞪口呆,不知如何应对,只能将目光投向温莎公爵。只见温莎公爵神色自若,一边与客人谈笑风生,一边端起自己面前的洗手水,也像客人那样喝光了。于是大家马上跟着喝光,难题被轻松化解,宴会也顺利结束了。

　　曼德拉说得好:"生命中伟大的光辉不在于永不坠落,而在于坠落后能再度升起。"

　　大器之人,语气不惊不惧,性格不骄不躁,气势不张不扬,举止不猥不琐,静得优雅,动得从容,行得洒脱。就像一朵花,花香淡雅而悠长;就像一棵树,枝叶茂盛而常青。他们能安安心心做好分内的工作,认认真真干好手头的事情,不为名利而争斗,不为钱财而纠结。

大器之人要大气,大器之人心中的梦想高远、博大。

朋友之树
〔阿根廷〕博尔赫斯

在人生的旅途中,我们会邂逅许多人,他们能让我们感到幸福。有些人会与我们并肩而行,共同见证潮起潮落;有些人只是与我们短暂相处。我们都称之为朋友。朋友有很多种,就好像一棵树,每一片叶子是一个朋友。

最早发芽的朋友是我们的爸爸和妈妈,他们告诉我们什么是生活。接下来是我们的兄弟姐妹,他们与我们一起成长,共同走向繁荣。然后是我们所有的亲友,他们让我们尊重,让我们牵挂。

命运还会赐予我们其他朋友,我们不知道什么时候会邂逅他们。许多人被我们称为灵魂和心灵之友。他们是真诚的,也是真挚的。他们知道我们什么时候过得不好,知道如何让我们幸福,知道我们需要什么,我们甚至不必开口。

有时某一个朋友会触动我们的心灵,于是我们就会相爱,拥有一位恋人朋友。这个朋友会让我们的眼睛焕发光彩,会让我们与歌曲相伴,会让我们雀跃前行。

还有一种一时的朋友,他们或曾与我们共度某个假期,或曾共度几天甚至几个小时。在一起的时候,他们总能让我们的脸上挂满微笑。

也有一种远方的朋友，他们位于枝干的末端，有风的时候，他们会在其他叶子中间若隐若现。他们虽然不是总在我们身边，但一直与我们的心灵很近。

时光流逝，夏去秋来，一些叶子会离我们而去，一些叶子会在另一个夏天出现，还有一些叶子会陪伴我们许多季节。但最让我们感到幸福的，是那些虽已凋零却不曾远去的叶子，他们依然在用欢乐滋养我们的根系。那是他们与我们相遇时留下的美好回忆。

我们生命中的每位过客都是独一无二的。他们会留下自己的一些印记，也会带走我们的部分气息。我需要你，我生命之树的叶子，就像需要和平、爱与健康一样，无论现在还是永远。有人会带走很多，也有人什么也不留下。这恰好证明，两个灵魂不会偶然相遇。

曾是今春看花人
张晓风

台北有一棵树，名叫鱼木，从南美洲移来的，长得硕大伟壮，有四层楼那么高，暮春的时候开一身白花。这树是日据时期种下的，算来也该有八九十岁了。

今年四月花期又至，我照例去探探她。那天落雨，我没带伞，心想也好，细雨霏霏中看花并且跟花一起淋雨，应该别有一番意趣。花树位于新生南路的巷子里，全台北就此一棵。

有个女子从对面走来，看见我在雨中看花，忽然将手中一把小伞递给我，说：

"老师，这伞给你。我，就到家了。"

她虽叫我老师，但我确定她不是我的学生。我的第一个反应是拒绝，素昧平生，凭什么拿人家的伞？

"不用，不用，这雨小小的。"我说。

"没事的，没事的，老师，我家真的就到了。"她说得更大声更急切，显得益发理直气壮，简直一副"你们大家来评评理"的架势。

我忽然惊觉，自己好像必须接受这把伞，这女子是如此善良执着，拒绝她简直近乎罪恶。而且，她给我伞，背后大概有

一些叶子会离我们而去，一些叶子会在另一个夏天出现，还有一些叶子会陪伴我们许多季节。

一段小小的隐情：

这棵全台北唯一的鱼木，开起来闹闹腾腾，花期约莫三个礼拜，平均每天会有一千多人跑来看她。看的人或仰着头，或猛按快门，或徘徊踯躅，至于情人档或亲子档则指指点点，细语温婉，亦看花，亦互看。总之，几分钟后，匆忙的看花人轻轻叹一口气，在喜悦和怅惘中一一离去。而台北市有四百万人口，每年来看花的人数虽多，也只是两三万，算来，看花者应是少数的痴心人。

在巷子里，在花树下，痴心人逢痴心人，大概彼此都有一份疼惜。赠伞的女子也许敬我重我，也许疼我怜我，但其中有一份情，她没说出口来，想来她应该一向深爱这棵花树，因而也就顺便爱着在雨中痴立看花的我。

我们都是花下过客，都为一树华美芳郁而震慑而俯首，"风雨并肩处，曾是今春看花人"。

那天雨愈下愈大，我因有伞，觉得有必要多站一会儿，才对得起赠伞人。花瓣纷落，细香微度，我们都是站在同一棵大树下惊艳的看花人，在同一个春天。我想，我还能再站一会儿。

一得永得

罗 朗

南方人去东北看了一次雪,北方人去三亚看了一次海,或小地方的人游了一次香港迪士尼,吃了一次北京烤鸭……往后想起或跟别人说起时,会把一次当永远。刘姥姥要离开大观园时,对凤姐说:"虽住了两三天,日子不多,却把古往今来没见过的、没吃过的、没听见过的,都经验了。"她说的也是这个意思。

宝玉最后步入空门。贾家败了,他没有娶到林妹妹,大观园里的女儿们死的死,散的散,一切都烟消云散。不过,无论经过了多少年月,只要他还有记忆,回想起那些红颜的衣香鬓影、音容笑貌,曾经的美好便永留心间,就像她们从没离去一样。

《泰坦尼克号》的开头和结尾,都是头发花白、饱经沧桑、快要走到生命尽头的露丝在回忆和讲述,她的脸上隐约可见一丝幸福和羞赧的红晕。杰克,那个在甲板前端搂着自己一起伸展双臂做飞翔状、在船舱里给自己画裸体像、在下等舱里领着自己快乐起舞、最后把承载生命的木板让给自己的男人,在泰坦尼克号沉没了几十年、打捞起来已锈迹斑斑的时候,关于他的一切还清晰如昨。

青涩的年月里,你吻了一个青涩的女孩子。无论后来的结果如何，比如你已为人夫、为人父，日夜奔波，她也变成一个天天为柴米油盐操劳的黄脸婆，几乎没有机会再见面时，你偶尔想起那一个吻，心里还是甜甜的、温情的，那就是一得永得。并非一定要她嫁给你，一辈子厮守，活到八十岁的时候你还吻了她，那才是得到。

爱情的痛苦在于得不到和已失去。一得永得，是一种乐观主义，是对充满缺陷和遗憾的人生的自我填充和宽慰。一件事物，你可以看成是没有最终得到、没有永远得到，或得到又失去了，因而抱憾终生；也可以看成是一得永得，从此心满意足，风轻云淡——怎么看，全在于自己的一念之间。

规则的智慧

李大伟

德国人相信规划，生活中充满了规划。

德国的门把手，一律是"一"横柄。中国的则五花八门，菱形的、球形的……因为"扭"力比"一"横的大，结果故障率高。"一"横柄，往下按，轻轻推，门豁然洞开。用力小、损耗低，最符合工程经济学，看着都省力、顺手。

德国的门，至少是宾馆的门，都覆盖到门框外。门板厚厚的突出于门框，看上去总像虚掩着。门板大于门框，既可以阻断光源，又能够阻断声源，还能够防止用插片撬门，这样的房间绝光、清静、安全。

德国的连锁店，起码是鞋店，同一品牌的相同款式，在另外一家加盟店则没有。妻子很奇怪，我则"以小人之心，度君子之腹"，觉得这是要让消费者养成这样的消费共识：有分店，无分销。这也就像中国乡村鸡毛店的促销名句"过了这个村，就没这个店"所讲，这样可以杜绝加盟店之间暗让折扣、降价促销，让大家都有钱赚。

在法兰克福，古建筑少，高楼多，因为在第二次世界大战中，法兰克福几乎化为废墟，这是座重新规划的城市。所以它的广场，不像在欧洲其他地方那样是教堂的附属物，而是体现出现代市政的设计理念。广场是人流、车流的中转地，更是商业聚合中心。在地铁出口，四周都是"豁口"，而不是只有十字路口，这样去每个方向都能抄近路，任何"豁口"都不会堵车。每个"豁口"都有"包口"——岔路口的店铺弧形分布，左右过路客都能一目了然。站在法兰克福的广场上，环顾椭圆形的四周，"包口"店铺尽收眼底，这样的店铺开角更广，"收视率"更高，租金也更高。"豁口"越多，"包口"越多，顾客就越多，消费便越多，政府税收就越高。

在德国，凡事都很合理，合理的背后是规划，规划的结果是规则；有了规则就按照规则做，哪怕看上去有那么一点儿迂腐。

钢　笔
〔日〕村上春树　张致斌 译

　　钢笔屋位于大马路上的第二个路口进去的街道，那条古老商业街的中央地带。门面是两扇玻璃门，连个招牌也没有，只在门牌的旁边写着小小的"钢笔铺"三个字而已。那开闭状况非常差的玻璃门，好像从打开到完全关紧得花一个星期的时间。
　　"当然，没有介绍信可不行——不但得耗费相当长的时间，价格也不便宜。不过啊，店主会为你量身打造出梦幻般的钢笔。"友人说。于是我就来了。
　　店主人约六十岁，整个人的感觉就像只栖息在森林深处的大鸟一样。
　　"请把手伸出来。"那只"鸟"说。
　　他逐一测量我每一根手指的长度与粗细，确定皮肤的脂肪比例，又用缝衣针的针尖检查指甲的硬度，然后将我手上的各式大小伤疤都记录在笔记本上。这么做下来，我才发现手上的伤疤还真是形形色色。
　　"请把衣服脱掉。"他简明扼要地说。
　　虽然不明就里，我还是乖乖脱掉了衬衫。正要脱下长裤的时候，主人连忙制止了我："不必，上身就可以了。"

他用手在我的背后游走，用手指沿着脊椎从上而下按下去。"人这种动物啊，是靠一节节的脊椎骨来思考、写字的哟。"他说，"所以，我必须制造出能够与当事人脊椎骨契合的钢笔才行。"

接下来，他询问我的年龄，问了我的出身，又问了我每个月的收入。最后，他问我到底打算要用这支钢笔来写什么东西。

三个月后，钢笔制作完成了——一支有如梦幻般与身体完全契合的钢笔。当然，并不能单靠这支钢笔就能写出梦幻般的好文章。

如果是在那种可以买到如梦幻般与身体契合的文章的店里，或许我就不只要脱掉衬衫了。

查塔卡的杜鹃

林清玄

传说印度有一种叫查塔卡的杜鹃,它只在雨天唱歌,只饮雨水为生。如果很久没下雨,查塔卡就会停止歌唱;如果更久没下雨,查塔卡就会集体死亡而消失。

我走在雨中的时候,常常会想起这种印度杜鹃,想到这个世界上不乏江河湖海,为什么查塔卡鸟不饮雨水就不能解渴?这个世界上也常有唱歌跳舞的情境,为什么查塔卡鸟只在雨中唱歌?

宇宙间有许多问题是无解的!就像熊猫只吃竹子,无尾熊只吃油加利叶,蚕宝宝只吃桑叶,蛀虫只吃木头……

说是演化也无不可,但我却相信其中有一些不可思议的坚持:我就是喜欢在雨中歌唱,我就是只喝雨水,那又怎么样呢?

坚持走向完美,坚持做世间稀少的物种,就会带来两种完全不同的结果:一种是环境与情境的无法融通,走上死灭之路;一种是终究被发现了珍贵的内涵,被视为珍宝。

山顶的留言

李冬梅 译

　　一支地质勘探队正在向山里进发。这支队伍翻山越岭,已经走了几天了。山里的路特别难走,山势陡峭,河流湍急。开始时,他们用马匹驮着设备和食品,但后来的路马已经无法通过,队员只好把马留下。

　　路越来越窄,越来越陡。举目四望,四周峭壁林立,已经无路可走。

　　有一个年轻的勘探队员,叫萨沙,他仔细观察了一下说:"我觉得这儿可以走过去。"

　　萨沙决定自己先试一试,队长勉强同意了。萨沙一个人艰难地往山上爬。过了一会,上面传来了他兴奋的喊声:"你们都上来吧!上面的石头上有留言,有人曾从这里经过。"

　　所有的人都振作了起来。既然有人经过,那就是说,他们也能从这里走出去。

　　大家开始努力地往上爬,等众人都上来了,萨沙指着一块石头说:"你们看,石头上有留言。"

　　大家一看,有一块大石头上果然写着:8月15日到此。

　　这是五天前的事,可到底是谁到过这儿呢?他为什么要到这儿来呢？不得而知。但不管怎么样，队员们看到石头上的留言，都很高兴，信心倍增。

之后的路虽然险象环生，但最后大家都胜利地登上了山顶。

几个小时后，勘探队终于到达了一个小村庄。队员们吃了晚饭，休息了一会儿，然后开始回忆这一天艰苦的行程。

山顶的留言到底是谁写的呢？大家又讨论起了这个问题。

这时萨沙不好意思地坦白说："留言是我写的，我是想让大家都能轻松地翻过那座山。"

六万年前鲜花盛开

李浅予

自一百年前被发现以来,尼安德特人便被认为是野蛮、残忍、愚昧、冷漠的种群。但二十世纪五十年代,考古学家又发现了九具尼安德特人的遗骨,通过对这些遗骨的深入研究,人们修正了以前的认识。

在这九具尼安德特人遗骨中,最先引起科学家注意的是一具扭曲的骨架,仅仅根据目测,就可以判定这是一个严重残疾的人,随后的研究果然证实了最初的判断:这位可怜的人右臂萎缩,生来就是残疾;左脸上的大量疤痕印迹则表明他的左眼失明。

一个重度残疾的人,在当时恶劣的环境中,是不可能养活自己的。那是一个残酷到我们无法想象的年代,连弱者自强不息的权利都被剥夺了,如果没有伙伴的照料,他根本不可能存活下来。

接下来,科学家对这具骨骼进行了深入研究,发现此人大约四十岁,这在当时算是相当长寿的。而他的长寿并非出于基因优异,而是由于他没有从事过沉重的劳作,更不必冒着生命危险去捕猎。

要不是因为自然灾害，这个幸运的人也许还将继续存活下去，但一个连我们现代人也难以抗拒的变故，让这个奇迹没有延续下去：地震中，他所居住的山洞轰然坍塌……

这个被灾难凝固下来的场景，证明了早在六万年前的旧石器时代，人类就已经拥有了同情、仁慈和爱……

而另一具尼安德特人的遗骨，则向我们展示了远古时期的浪漫，以及人类对美的崇尚和向往。这具遗骨是在洞穴深处一个极为隐蔽的地方发现的，很显然，是被他的同伴很隆重地埋葬的。为什么要埋得这么隐蔽？这个疑问随即被另一个更大的发现掩盖了：科学家对周围的土壤进行化验后发现，土壤中竟含有八种花粉。

大自然不可能把这么多植物的花粉混合在一起，然后弄到这么深的洞中并恰巧安放在死者身上。也就是说，只存在一种可能：有人采集了各种鲜花，做成花环，安放在死者的身上。

沧海桑田，但无法磨灭美的痕迹。六万年前，就已鲜花盛开，让人类得以在无尽的悲苦中沐浴着芬芳前行，并一直走到了今天，以至在一个春暖花开的日子里，我三岁的女儿也可以随口吟诵出一句让我惊叹不已的诗句："天空中开满了花朵，我的眼中全是蜜糖。"

说是爱，其实不是

于 丹

心理学上有一个概念，说在现代人的交往中，有一种行为叫作"非爱行为"。什么意思呢？就是以爱的名义对最亲近的人进行非爱性掠夺。这种行为往往发生在夫妻之间、恋人之间、母子之间、父女之间，也就是世界上最亲近的人之间。

夫妻之间、恋人之间经常会出现这样的场面：一个对另一个说，你看看，我就为了爱你，放弃了什么什么，我就为了这个家，才怎么怎么样，所以你必须对我如何如何。

不少母亲也经常会对孩子说："你看看，自从生了你以后，我工作也落后了，人也变老变丑了，我一切都牺牲了，都是为了你，你为什么不好好念书呢？"

所有这些，都可以称为非爱行为，因为，它是一种以爱的名义所进行的强制性的控制，让他人按照自己的意愿去做。

我曾经看到过一本写如何为人父母的书，作者是一个英国的心理学女博士。她在书的开头写了一段非常好的话：

"这个世界上所有的爱都以聚合为最终目的，只有一种爱以分离为目的，那就是父母对孩子的爱。父母真正成功的爱，就是让孩子尽早作为一个独立的个体从其生命中分离出去。这种分离越早，父母就越成功。"

从这个意义上来讲，距离和独立是一种对人格的尊重，这种尊重即使在最亲近的人中间，也应该保持。

免费午餐

林 夕

同学在电视台做编导，想做一期谈话类节目，让我帮他找两个嘉宾。正巧，几年前移居美国的好友回国休假，他思维敏捷，语言表达能力很强。我打电话给他，向他说明意图。我以为他一定会欣然答应，想不到他听后就问我："电视台付费吗？"

"不付。"

"为什么？"

"不为什么。电视台请嘉宾没有付费的。不付费还有很多人抢着去讲呢！都把这看作是推销自己的好机会。"

"哦，是这样。我觉得谈话题和推销自己是两个概念，所以付费和不付费是不一样的。我给你讲件事，我初到美国时，因为要买汽车，去了一家汽车经销公司。看车的时候，我无意中谈到关于汽车性能及改进方面的问题，买完车我就走了。可是没想到，两个月后，我收到美国一家汽车研究所的信函，信中写道：我们获悉您关于汽车方面的知识和见解，诚恳邀请您参加我们在纽约举办的汽车研讨会，因为要占用您的时间和精力，我们愿意每小时支付给您七十美元，并负责往返路费、食宿，敬请光临指导！"

"我很奇怪,我来美国才几个月,和汽车协会根本没有联系,他们是怎么知道我的?后来我才知道,美国的各大汽车公司、协会聘请了许多专职、兼职人员,专门收集汽车情报、信息,网罗了解汽车、有相关知识的人。我决定参加那个研讨会,为此,我用三个小时做准备。我讲这件事的目的,是想告诉你:付费和不付费是不一样的,因为做任何事情都要花费成本,价值越高的事情成本也越高。世界上没有免费的午餐,如果免费,你就无权挑剔食物的质量。"

现在的幸福
杨江波

火车上,一位经济学家的对面,坐着一个愁眉苦脸的三十岁上下的男子。

一阵天南海北的谈话之后,男子说起了他的心事:"我结婚七年了,女儿已经五岁,妻子是我的大学同学,温柔贤惠,我呢,现在也算事业有成,我们的生活一直很幸福。可是,一年前我遇见了一个女孩,我发现她那里有我曾经梦想的东西,我爱上了她。"

"你现在对这件事的感觉如何?"经济学家轻轻地问。

"我想到了离婚,但现在还下不了决心。我现在感觉很痛苦!"

"在面临博弈或选择时,个体内心难免会产生激烈的斗争。"经济学家若有所思地说,"不过,从经济学的角度分析,或许你能从中找到答案。假如你给老板做完了一个项目,他准备给你付薪酬,付款方式有两种:一种是马上付你二十万元;另一种是付你三十万元,却要分十年付完,你选哪一种?"经济学家问。

"我选第一种。"男子抢答。

"为何选第一种呢？"经济学家反问。

"因为未来的不确定因素太多，谁知道几年后老板会不会跑了，谁知道几年后这笔钱还能不能拿到；再说，到那个时候，钱也不值钱了！"男子很快就给出答案。

"你说得很对！现在的钱比未来的钱更值钱。同理，现在的幸福也比未来的幸福更值钱。因为未来的不确定因素太多，谁知道未来她会不会变了，谁知道未来两人的幸福会不会贬值。就算你现在的幸福只值二十万元，却比未来的三十万元来得更真切，因为现在的幸福是实实在在的，是你正在拥有的。"

到中途站，男子下车了，他说他要回去。"我原准备去青岛找那个女孩的，但现在我明白了！"男子说。

哦，每个人都一样，把握好现在的幸福吧！

永 恒

李浅予

如果你走进澳大利亚历史最悠久的悉尼大学,站在大楼前仰望,便会看到该校的校训,以拉丁文铭刻在浮雕上:"繁星纵变,智慧永恒。"

让我们走出悉尼大学,继续游览。现在,我们来到了悉尼市政厅,这是一栋十九世纪维多利亚时代的建筑,和悉尼大学一样古老。走出市政厅,便来到一个小广场,广场上有一个喷泉,喷泉旁边的地上,刻着一个词:"永恒。"

一个疑问立即浮现:这个"永恒"和悉尼大学的校训有没有关系?其实,这和那句校训没有任何关系。原来,曾经有一个人,连续三十年在地上用粉笔写"永恒"这个词。他的举动起初并没有引起人们的注意,但他并不在意,每天都会准时来到喷泉旁,写完就走。

时间一天天过去,渐渐地,他的坚持打动了悉尼人,人们开始小心翼翼地躲着这个词走,如果这个词不小心被人踩着了,还会有人立即将模糊的部分描清。终于,三十年过去了,他的执着征服了悉尼人,人们索性将这个词刻在了地上。

这个词被刻下后,那人也消失了。但当人们走过这个词时,便会不由自主地想起那个神秘的陌生人。这时,人们才慢慢品味出:"永恒"即代表一切,在它面前,任何修饰、注解都显得多余,连看似永恒的繁星都敌不过它。

用探究打败无聊

陈 赛

人是很容易麻木的。生命中很多新奇美好的东西,一旦我们对它们习以为常时,它们就不再"存在"了。在心理学里,这叫"适应原则"。这种原则不断地将我们从幸福或痛苦的极点拉回基因最初设定的起点。这个心理免疫系统是一种让人又爱又恨的进化馈赠,一方面保护我们不至于因极度的痛苦而崩溃,另一方面也阻止我们享受绵长的快乐。

"探究"本身就是一种"活在当下"的姿态,是对抗麻木的最佳武器。有一次,福尔摩斯捡到一顶躺在大街中央的帽子,经过一番打量,说这顶帽子的主人因为酗酒而毁了自己的前程,他的妻子也不再像以前那样爱恋他了。对福尔摩斯这样的人来说,生活不可能是无聊的。

美国物理学家费曼生前做最后一次癌症手术时,医生告诉他,这次也许撑不过去了。他说:"如果是这样,拜托帮我把麻醉解除,让我处于清醒状态。""为什么?""我想知道生命终结时是什么感觉。"有了极度的探究欲,连自身的死亡都可以是一件兴致盎然的事情。

爱你现在的时光

白岩松

史铁生是我非常尊敬的一位老大哥,他曾经说过这样一段话:

当四肢健全、可以随意奔跑的时候,常抱怨周围的环境如何的糟糕。有一天,突然瘫痪了,坐在了轮椅上,这时候,抱怨自己怎么坐在了轮椅上,于是怀念当初可以行走、可以奔跑的日子,这时才知道那个时候多么阳光灿烂。又过了几年,坐不踏实了,长褥疮,各种各样的问题开始出现,突然开始怀念前两年可以安稳地坐在轮椅上的时光,那么的不痛苦,那么的风清日朗。又过了几年,得了尿毒症,于是开始怀念当初有褥疮,但是依然可以坐在轮椅上的时光。又过了一些年,要透析了,不断地透析,一天清醒的时间越来越少,于是怀念刚得尿毒症那会儿的时光。

所以,史铁生说,生命中永远有一个"更",为什么不去珍惜现在呢?

爱你现在的时光。过去的已经过去了,较什么劲呢?未来的还没有来,焦虑什么呢?你知道什么是真正的恐惧吗?真正的恐惧不是血肉横飞的画面,而是调动你的想象力,自己吓自己。

生命中有一个很奇妙的逻辑:如果你真的过好了每一天,明天就会不错;如果我们的生活非常功利的话,反而得不到想要的结果。你越拥有一个完满的过程,你越有可能拥有一个完满的结局。

割舍的气度
苏 芩

　　一对新人来到赌城度蜜月。

　　一次下注中，新郎无意将五美元的筹码押在了"17"这个数字上。那一局，轮盘赌台的小球落在了"17"上，他赢了一百七十五美元。第二局，他继续把筹码押在"17"上，好运继续，这一局他赢了六千一百二十五美元。接下来的每一局，他都把筹码押在"17"上，好运气似乎就一直这样跟随着他，最后他赢的筹码已经积累到两亿多美元。

　　五美元的筹码，赢来两亿多美元，这样的回报已然算是奇迹了。这两亿多美元足够夫妻俩尽情挥霍，只是那一刻，新郎的脑袋里并没有转过这些念头。他押上全部，孤注一掷！

　　结果这一局好运没有再次眷顾他，小球停在了"18"上，巨额财富就这样被他瞬间输了个精光。

　　新郎无精打采地回到酒店。妻子问他："你到哪里去了？"他说："去赌轮盘。"妻子又问："运气如何？"他叹了口气："还好，只输了五美元。"

　　很多人认为，好运气总是反复无常。其实并非如此。只是当你生出贪欲，想要利用好运气为你谋得更多利益之时，也就是他跟你翻脸之时。

运气总是这样,他会帮助那些需要他的人。当他发觉自己被没完没了地利用时,他会连同之前给予的一切统统收回!

有人说,那些你所不知道的就是命运。命运也许是莫测的,但有一项规则是从未改变过的,那就是:当你不忍割舍"小"时,你就一定会失掉"大"。

执着,贪念,不懂放下,不做割舍,你就永远无法真正享有你所拥有的一切!

认故乡

〔英〕毛姆 傅惟慈 译

我认为有些人诞生在某一个地方可以说未得其所。机缘把他们随便抛掷到一个环境中,而他们却一直思念着一处他们自己也不知道坐落在何处的家乡。在出生的地方他们好像是过客;从孩提时代就非常熟悉的浓荫郁郁的小巷,同小伙伴游戏其中的人烟稠密的街衢,对他们来说都不过是旅途中的一个宿站。这种人在自己的亲友中可能终生落落寡合,在他们唯一熟悉的环境里也始终孑身独处。也许正是在本乡本土的这种陌生感才逼着他们远游异乡,寻找一处永恒定居的寓所。说不定在他们内心深处仍然隐伏着多少世代前祖先的习性和癖好,从而叫这些彷徨者再回到他们祖先在远古就已离开的土地。有时候一个人偶然到了一个地方,会神秘地感觉到这正是自己栖身之所,是他一直在寻找的家园。于是他就在这些从未寓目的景物里,在从不相识的人群中定居下来,倒好像这里的一切都是他从小就熟稔的一样。他在这里终于找到了宁静。

永恒的诱惑

尹玉生 编译

每当飞机飞到阿帕拉契山脉中一条溪流的上空时,机长总会全神贯注地向下凝望,脸上充满惆怅、回味、向往等复杂的表情。有一次,副驾驶实在忍不住内心的好奇,问道:"机长,下面这个偏僻、荒无人烟的地方究竟有什么特殊之处值得你如此关注?"

机长从无限怅惘中回过神来,悠悠地答道:"看到那条蜿蜒的小溪了吗?当我还是一个孩子时,我常常来到这条小溪旁,坐在一根圆木上钓几个小时的鱼。每当有飞机飞过我的头顶时,我都会抬头望上几分钟,心想,如果驾驶飞机的人是我该有多好啊。"

"现在,你已经如愿以偿了!"副驾驶说道。

"可是,现在每当我飞临这条小溪时,"机长神情更加凝重地说道,"我都忍不住想起以前那些美好的时光——山间是那么宁静和空旷,岸边的野草和野花是那么碧绿和娇艳,不时吹过来的微风是那样凉爽和宜人,溪水的鸣唱是那样清脆和悦耳,鱼儿上钩的瞬间是那样令人兴奋和震撼……这一切实在让我无法忘却。我想,如果我现在不是在天空飞行,而是在溪水边钓鱼,该有多好啊!"

你激起的水花可以掀动世界

〔美〕杰米·萨姆斯 吕广英 编译

在我七岁的时候,我的切罗基族爷爷带我去一个钓鱼点钓鱼。

爷爷叫我往平静的池塘里扔一块石头,问我:"你看到什么了?"

"我看到一朵水花。"我回答。

"你还看到什么别的了?"爷爷问。

"还有,水面上泛起了一圈一圈的波纹。"我说。

爷爷点了点头,对我说:"每一个人都要对他在这个世界上制造的水花负责,这水花会激起许多圈波纹,产生连锁反应。"

我坐在岸边,静静地凝望微波荡漾的水面。这时,爷爷叫我注意看我们的脚下:"你看,被那石头激起的波纹正在拍打你的脚,这说明,它已经找到了回到你身边的路径。我们所有人都应该当心自己在世界上激起的各种水花,因为,由你造成的波纹总是会返回到你自身。如果那水花有危害、能引起伤痛,我们将不欢迎它回来;但是,如果它由美好的言行造成,我们将很高兴看到它回家。"

一点素心

黎武静

偶然地,被一张照片震撼。拍片现场,红墙青瓦,演员在拍片之余执一支毛笔,捧一瓶水,就这样,在墙上笔走龙蛇,行云流水。

是什么让人感动,在这短暂的瞬间?想起两个字:素心。"交友须带三分侠气,做人要存一点素心。"十五年前,年少的我读到这样的句子,只觉得漂亮,却未必懂得,但是现在突然觉得有一点懂了。

纪晓岚的老师曾撰一联:事能知足心常泰,人到无求品自高。想想,不过一念之间。当野心只为白云留,花开花落,山中红萼。世味有浓淡,素心无嗔喜。

济慈写诗时常写在纸片上,事后夹在书里做书签,或者随手扔在一边。1818年的春天,夜莺在他的屋外放歌。清早,他从餐桌边拖过一把椅子,坐在葡萄架下的草坪上,整整一个上午,他都在写着。写完却将纸片塞到书架里了事。查尔斯将纸片拣出来,细细誊出,这就是济慈的《夜莺颂》。济慈写给自己的墓志铭:此地长眠者,声名水上书。

卡夫卡的遗嘱:最亲爱的马克斯,我最后的请求是,我的遗物里，凡属日记本、手稿、来往信件、各种草稿等等，请勿阅读，并一点不剩地全部予以焚毁……这是一个被米兰·昆德拉称为"被背叛的遗嘱"，他的朋友将这些整理出版，于是文学史上注定要留下卡夫卡的璀璨光芒。

　　风行水上，原来只是路过。那些不朽的传奇，在诞生的一刻，并不是为了流传。

苦瓜变甜

林清玄

有一则关于苦瓜的故事:

有一群弟子要出去朝圣。师父拿出一根苦瓜,对弟子们说:"带着它,记住,在你们经过的每一条圣河中浸泡它,并且在你们所朝拜的每一座圣殿里供养、朝拜它。"

弟子依言。回来以后,他们把苦瓜交给师父,师父叫他们把苦瓜煮熟,当作晚餐。

晚餐的时候,师父吃了一口,然后语重心长地说:"奇怪呀!泡过这么多圣水,进过这么多圣殿,这苦瓜竟然没有变甜。"

这真是一个动人的教化。苦瓜是苦的,不会因圣水、圣殿而改变;情爱是苦的,由情爱产生的生命本质也是苦的。我们尝过情感与生命的大苦的人,并不能告诉别人失恋是该欢喜的事,因为它就是那么苦,这一个层次是永不会变的。可是不吃苦瓜的人,永远不会知道苦瓜是苦的。一般人只要有心理准备,煮熟了这苦瓜,吃的时候第一口苦,第二三口就不会那么苦了!

对待我们的生命与情爱也是这样的,不是期待苦瓜变甜,而是时时准备受苦。真正认识那苦的滋味,才是有智慧的态度。

初 心

陈丹燕

初心就是一个人对自己一直以来，或者说与生俱来的期许：我要成为怎样的人，我期待怎样的世界。失望与绝望在世界面前都是常态，因为他人不由你改变。但一个人仍旧可以依照初心，努力做自己。

我十八岁时读存在主义，曲里拐弯，生吞活剥，学到的大概就是这一点：不论任何境遇，一个人永远可以选择。如今与自己的朋友彼此鼓励，要保持初心。世界上最难的事，差不多就是这一件了吧。

再要强的人，似乎也总有一天会在碰得头破血流后，幽幽地说一句：生活就是渐渐让你知道，自己输了。

太阳落山了，黑夜来时没有人陪伴你。夜里你没睡着，看天上没有星星也没有月亮，你不相信那些可怕的事情竟然真的发生了，你的心碎了一地，但你不要怕。太阳又升起了，新的一天却没有来，可怕的事情又发生了一遍，和昨天发生的一样，但你还是不要怕。你只静静地等待命运的安排吧，那里应该还有一朵属于你的花。

那朵花，是对你这一世努力保护自己初心的奖励。

幸　福
马未都

幸福是什么？

当你屡次三番地求爱，终于得到对方同意的时候；当你身陷囹圄，法官判你无罪的时候；当你罹患绝症，医生告诉你诊断错误的时候；当你饥肠辘辘，可以饱餐一顿的时候；当你冻得瑟瑟发抖，被允许进入一间暖和的房屋的时候；当你孤独不悦，亲朋好友打来电话慰问的时候；当你身处震区，接到矿泉水和方便面的时候……

这些大幸福、小幸福每个人都会遇上，尤其小幸福，每天飘然而至，令人不能觉察。没有苦难的时候，没有人懂得珍惜幸福。其实，我们每天都生活在小幸福之中，只是浑然不觉。

记得1985年冬天，一天夜里我被叫去看古董，回来时已是下半夜了。我骑着自行车，又累又冷又饿，远远看见路灯下有一个卤煮火烧摊，冒着诱人的蒸气。我迫不及待地过去，支上车，坐在条凳上，等待那碗至今想起来仍很诱人的北京名吃。摊主上了年纪，看着比我父亲还老。他冻得通红的手熟练地切着火烧，笑呵呵地问我：要一个火烧还是两个？

那天夜里，在北京的马路边，我再未遇见一个路人，只有我们爷俩，他做我吃，边吃边聊。我知道了他半夜出摊只为替儿子结婚存钱，四个儿子，就剩老小，结了婚老爷子就享清福啦！那天聊的什么差不多都忘了，但有一句我记得清楚，老爷子告诉我：人哪，只有享不了的福，没有受不了的罪。

幸福可以来得慢一些
周云蓬

曾经有那样的生活，有人水路旱路地走上一个月，去探望远方的老友；或者，盼一封信，日复一日地在街口等邮差；除夕之夜，守在柴锅旁，炖着的蹄髈"咕嘟咕嘟"几个小时还没有出锅；在云南的小城晒太阳，路边坐上一整天，碰不到一个熟人；在草原上，和哈萨克族人弹琴唱歌，所有的歌都在歌唱日升月落，草原辽阔，时间无处流淌。

生命除了死亡还需要休息，思考需要一个菩提树下的坐垫，梦想要求一张安居的床。

普通人渴望看得见摸得着、能给自身带来幸福的 GDP，它可以增长得慢一点，它应该向一棵树学习怎样生长。园丁欣喜地发现早晨的枝头多了一朵小花，果农亲眼看见果子由青转红，地球引领春夏秋冬缓步走过，母亲十月怀胎一朝分娩。我们耐心地等待，幸福可以来得慢一些，只要它是真的。

笑对人生

李 敖

  人活在世界上,难免要吃很多亏、上很多当,这个时候我们会发现,姜是老的辣,为什么?因为他的人生经验多。

  我给大家说个故事:1804 年,美国国父华盛顿时代的财政部部长汉密尔顿和当时的副总统伯尔闹翻了,在决斗场决斗,伯尔开枪把汉密尔顿打伤了,三十几个小时以后,汉密尔顿死掉了,美国最优秀的开国元勋、最优秀的财政部部长就这样死掉了。他死的时候只有四十九岁,这就是你无法精算你的人生。在政治斗争的过程中,在人成长的过程中,你忽然碰到了这么一个敌人,他向你挑战,你不干就是懦夫,你就出局。可是真决斗的时候,你就得拿你的命和你的才干跟这些混混做这种生死的斗争,玩命。你干不干?干,好,四十九岁的汉密尔顿就被打死了。

  请问这种意外,你要不要把它算到生活里去?你在成长的过程中,会碰到那种不可知的人来跟你玩命,你无法闪躲,只好面对,但你面对的结果呢?这就告诉我们,人的成长过程并不是一帆风顺的,会有你看不见、想不到的意外出现,你必须面对。而那个时候,你可能就被牺牲掉,这就是人生。

人生不可以不精算，因为我们的时间太宝贵了，可是在我们精算的过程中，当客观的环境变动布局的时候，你所面对的人良莠不齐的时候，你无法闪躲，你几乎要从容就义一样地面对这些事情。所以我告诉大家，人生要精算，可是当你无可逃的时候，你只好含笑去面对。我们没有什么好怨的，因为那种不公平、那种意外、那种意想不到，就是人生。

幸福可以来得慢一些,只要它是真的

节令是一种命令

毕淑敏

夏初,买菜。老人对我说,买我的吧。看他的菜摊,好似堆积着银粉色的乒乓球。我说,这么小啊,还青,远没有冬天时我吃的西红柿好。

老人不悦地说,冬天的西红柿算什么西红柿!吃它们哪里是吃菜,分明是吃药。老人接着说,那是温室里煨出来的,先用炉火烤,再用药熏,让它们变得不合规矩的胖大,用保青剂或保红剂,让它们比画的还好看。人里面有汉奸,西红柿里头也有奸细呢。冬天的西红柿就是这种假货。

我惭愧了。多年以来,被蔬菜中的骗局所蒙蔽。那吃什么菜好呢?我虚心讨教。老人的生意很清淡,乐得教我,说道:记着,永远吃正当节令的菜。萝卜下来就吃萝卜,白菜下来就吃白菜。节令节令,节气就是令啊!人不能贪心,你用了种种的计策,在冬天里,抢先吃了只有夏天才长的菜,夏天到了,怎么办呢?再吃冬天的菜吗?颠了个儿,你费尽心机,不是整个瞎忙活吗?

我买了老人的西红柿,慢慢地向家中走。他的西红柿虽是露地长的,质量还有推敲的必要,但他的话透着一种晚风的霜凉,久久伴着我。

人生也是有节气的啊!

春天就做春天的事情,去播种;秋天就做秋天的事情,去收获。夏天游水,冬天堆雪。

少年需率真。过于老成,好比施用了植物催熟剂,早早定了型,抢先上市,或许能卖个好价钱,但植株不会高大,叶片不会密匝,从根本上说,该归入早夭的一列。老年太轻狂,好似理智的幼稚症,让人疑心脑海的某一部分让岁月的虫蛀了,连缀不起精彩的长卷,包裹不住漫长的人生。

年轻年老都是生命的流程,不必厚此薄彼,显出对某道工序的青睐或是鄙弃,那是对造物的大不敬,是一种浅薄而愚蠢的势利。

是什么让我们泪流满面
王 朔

  闲的时候,我喜欢在街边溜达,然后找一个阳光充足、视野开阔的街角蹲下,摆一个无视云卷云舒的淡然表情看人来人往。我以为自己很特别,因而沾沾自喜,但很快我就发现自己错了——没过几分钟,我身边就蹲了好几个人,虽然他们都没有我帅,但都有着和我相似的表情。都是有境界的人啊!我不由得感慨了。
  不远处是条繁华的大道,车来车往,临街有一排装修精致的商铺,人进人出,一派繁华景象,而我们这块儿俨然是闹市中的桃源之地,傍花随柳,云淡风轻。
  突然有人开口了:"你们觉得什么是这世界上最悲催的事?"大家默然,那人接着道,"你在对人感叹这诗意的世界时,对方在埋头摁手机;你在抱怨这冷漠的世界时,对方还在摁手机;当你要告别这个世界时,对方仍然在摁手机。"大家黯然,有的开始点头了,有的已经把手机掏了出来。
  一个人接话:"不对!我觉得世界上最悲催的事是我对你说我爱你的时候,你在摁手机;我说我恨你的时候,你还在摁手机;我说我要离开你的时候,你头都不抬地说了声'帮我交点话费，流量快用完了'。"另一个人说："我觉得世界上最悲催的事是他们说房价会降，我信了，更悲催的是房价真的降了，我还是买不起。"

又一个人说："我觉得世界上最悲催的事不是我爱你你却不知道，而是你知道我爱你却不知道我真的很爱你。"

另一个人说："我觉得世界上最悲催的事是在不懂爱的时候爱上了一个不该爱的人，却在知道什么是爱后找不到一个可以爱的人。"

又一个人说："我觉得世界上最悲催的事是做着不喜欢的事，陪着不喜欢的人，过着别人喜欢的生活。"

说着说着，大家都哭了，泪流满面。

最后，我觉得自己有必要说点儿话了，我强忍着泪水站了起来，叹道："兄弟们，对于我们，这世界上最悲催的事是能给钱的好心人越来越少了，更悲催的是空气越来越脏了，看把你们都熏得眼泪流个不停，讨的几个钱还不够买口罩的，都散了吧！"

你不是已经努力了吗
〔新加坡〕尤今

日本电视剧《阿信》中,有一个片段深深地触动了我。

在日本传统发型渐不流行的当儿,阿信在师傅的鼓励下学做西洋发型。一日,店里来了一位时髦的客人,指定要做西洋发型,师傅大胆地让当时还是学徒的阿信出来接待。客人表示要做"遮耳发型",而且,声明不要烫得太卷。阿信仔细观察了她的脸型,觉得微卷的遮耳发型不适合她。于是,在客人打瞌睡的当儿,阿信擅作主张,为她烫了一个波浪形的新发型。发型做好后,客人睁开了惺忪的双眼,只朝镜里一看,便像被人戳了一刀似的,气势汹汹地喊了起来:"哎呀,你怎么做成这个样子!"阿信诚惶诚恐地应道:"我觉得遮耳发型不适合您,这个新发型完全是依照您的脸型设计的!"客人对着师傅大喊大叫:"你怎么搞的,居然请这种人为客人做头发!"师傅沉着地应对:"对不起。如果您不满意,我们就不收钱好了。"客人分文未付,扬长而去。阿信泪流满脸,几近崩溃。师傅不顾店里其他人的冷言冷语,温和地对阿信说道:"你不是已经努力去做了吗?不要放在心上。"

简简单单的两句话,给了阿信继续拼搏的勇气。没过多久,那位大发雷霆的客人上门来道歉,指名要阿信再为她做头发,因为上次的新发型得到了她朋友的一致赞赏。

如果说阿信是千里马,她的师傅无疑便是伯乐。当伯乐,除了慧眼之外,慧心亦同等重要。慧心指的是包容的心、宽厚的心。一旦肯定了千里马的才干,便放手让它恣意驰骋,切莫因一次的失误而否定它日行千里的能力。

一个国家的密码
赵恺

犹太人敬畏生命,并把人性升华到神性。

一天,奥斯维辛集中营的一个班组十个人出营劳动,只回来七个人。少三个,就得杀三个。第三个人有一个妻子和五个孩子,杀他一个等于杀死七个。他跪在犹太神甫脚下求生,纳粹不允。

神甫说,我替他死行吗?纳粹说,那你就替他死吧。纳粹枪杀了犹太神甫。战后,犹太神甫被列为圣人,他的像被绘制在教堂里。圣人的名字叫科罗伯。

二战结束后,在奥斯维辛凶残杀戮犹太人的德国党卫军中校处长艾希曼失踪了。以色列以十六年的坚忍顽强追捕到天涯海角,终于在阿根廷缉获凶手并对其审判,之后做出唯一的一次死刑宣判,实施绞刑。

国际法庭说,一个国家无权审判国际案犯。以色列说,对于杀害犹太人的罪犯,还有谁比犹太人更有审判权呢?

以色列第一次申请加入联合国时遭到拒绝。接过《决议》,以色列代表说,以色列的存在不取决于一张纸,而取决于以色列的意志。他把《决议》撕得粉碎并纷扬抛撒!

以色列是一个没有宪法的国家。他们说,我们无须宪法,《圣经》就是我们的宪法。

这句话道出了国家活力永存、生命不衰的密码:信仰。

双色人生

张 前

让我们先来看一份人生简历：他，1571年12月27日生于德国符腾堡魏尔，是七个月的早产儿。父亲早年离家出走，母亲脾气极坏。他从小体弱多病，四岁时，天花在他脸上留下疤痕，猩红热使他的眼睛受损。他高度近视，一只手半残，长得又瘦又矮。1601年，对他人生产生重要影响的恩师去世。1612年，他至爱的妻子去世。他一生穷困潦倒，1630年11月15日，年近花甲的他在索薪途中病逝于雷根斯堡。他，生于战争年代，一生在宗教动乱中艰难度过。厄运在他活着时不放过他，死后还紧随着他，在"三十年战争"期间，他的墓地被对立派夷为平地，尸骨荡然无存。

再来看另一份人生简历：他，勤奋努力，智力过人，一直靠奖学金求学。1587年，他进入杜宾根大学学习神学与数学。他是热心宣传哥白尼学说的天文学教授麦斯特林的得意门生。1591年，他获得硕士学位。1594年，他应奥地利南部格拉茨的路德派高校之聘讲授数学。1600年，他被聘请到布拉格近郊的邦拉基堡天文台，任第谷的助手。1601年第谷去世后，他继承了宫廷数学家的职位，继续第谷未完成的工作。1612年，他移居奥地利的林茨,继续研究天文学。后来,他发现了行星运动三大定律。他所提出的三大定律影响深远,促成了牛顿导出万有引力理论。

这两份简历是同一个人留下的。他,就是德国天文学家开普勒。

开普勒的一生迭遭病魔、贫穷、宗教冲突和战争的困扰。但他把一切不幸都化作推动自己前进的动力,凭着自己对天文学客观规律的执着追求和坚韧不拔的献身精神,克服种种困难,摘取了科学的桂冠,被誉为"天空的立法者"。

古罗马著名学者塞涅卡说:"真正的伟大,即在于以脆弱的凡人之躯而具有神性的不可战胜的力量。"这句话完全适用于开普勒。他正如古希腊神话中的赫拉克里斯,是一个坐着瓦罐漂渡重洋去完成神圣使命的人。

什么都不会结束

洪 敏 编译

金黄色的大太阳已经照了一整天,白天就要结束了。
小男孩看到白天结束非常伤心。
现在,他的妈妈来向他道晚安。
"为什么白天必须要结束呢?"他问妈妈。
"这样,夜晚才能开始啊。"
"可是,白天结束时,太阳到哪里去了呢?"
"白天其实没有结束,它会在别处开始,太阳将会在那里发光。这时夜晚会在这里开始。什么都不会结束。"
"真的什么都不会结束?"
"什么都不会,它会在另一个地方以另一种方式开始。"
小男孩躺在被窝里,妈妈坐在他身边。
"风停之后,风到哪里去了呢?"他继续问。
"它吹到别的地方,让那里的树跳舞去了。"
"暴风雨过后,雨到哪里去了呢?"
"进入云彩,形成新的暴风雨。"
"那森林里的树叶变色掉落之后呢?"
"落入泥土,变成新树新叶的一部分。"

"可是,当树叶落下时,那就是什么东西结束了!"小男孩说,"是秋天结束了?"

"是的,"妈妈说,"秋天结束,冬天开始。"

"那冬天结束后呢?"小男孩问。

"冬天结束,积雪融化,小鸟飞回,春天开始。"妈妈说。

小男孩露出了微笑。

"真的什么都不会结束啊。"

"今天就到这里吧,该睡觉了,明天早上你醒来时,月亮会到很远的地方开始新的夜晚,太阳会回到这里开始新的一天。"

呜呜地哭了

张 炜

　　高尔基是当年苏联的文学泰斗,跨越新旧时代的传奇人物,走到哪儿都被簇拥着。他主管苏联作家协会,又是文学创作第一人,威望高得不得了。他主要写小说,但也深爱诗歌。我们可能没有看到过高尔基的诗,只看过一个与诗有关的他的故事。原来这个老头子在家里写了好多诗,只是不好意思拿给人看。有一次他没忍住,就交给当年正在诗坛走红的马雅可夫斯基,就是那个写阶梯诗的、很狂妄的无产阶级诗人。马雅可夫斯基看着看着,就忘了面前是一个多么伟大的人物,竟然气不打一处来,斥责说,这个句子怎么能这样写?这写的是什么东西!不行不行!话说得不留余地,批评得毫不留情。

　　马雅可夫斯基说着,对方一点声音都没有,抬头一看,这才发现高尔基正抹着眼泪。老人呜呜地哭了,绝望了。这是羞愧的眼泪,绝望的眼泪,是"命里八尺,难求一丈"的眼泪。

　　我觉得高尔基哭得那么可爱,可以感受到一个大师在文学和艺术面前的那种谦卑,对诗的那种热爱。这样的老人可以不向强权低头,但在诗的面前,在文学面前,却非常谦卑。年轻的马雅可夫斯基也很了不起,在诗面前他可以忘记一切,可以训斥泰斗。而高尔基像小孩子一样呜呜地哭泣,多么可爱。

官帽椅的尊严
马未都

我去美国西雅图时，被朋友安排在一对美国夫妇家住，他们家很大，两座独立的小楼，一座主人住，另一座客人住。我们到达时天色已晚，主人都休息了，我们几个人悄悄进了屋，分头进了房间。进屋时我一直纳闷，美国人为何不锁屋门。

第二天一早才看见主人，聊天时得知男主人是法学专家，女主人是艺术家，所以家中布置得极富艺术气息。主人家有好几把古老的椅子，凭我有限的知识，知道是英国维多利亚时代的样式，一打听才知其中有的是美国造的仿品。这些椅子都很舒适，人坐在上面放松得很，于是我就想起中国古代的官帽椅，一个个都让人正襟危坐。中国人讲究坐姿，坐如钟，站如松。低矮的西式椅子在中国古人看来，人在上面瘫坐一团，坐之不雅，不成体统。

中国古人不是不喜欢舒服，而是不放弃尊严。舒适与尊严，哪个更为重要，哪个符合礼教，这是古人思考的问题。在精神层面上，俯视的快感超越仰视，皇帝坐在金銮宝座上，放弃舒适，保持尊严，实际上是在享受精神的愉悦。

即便乡村家具，也在默默地教育国人，怎样处世，怎样光宗耀祖。一把官帽椅，把宋代以来文人对生活的理解与态度都融进结构与造型，准确地反映了学而优则仕的社会心态。删繁就简的高尚审美，使一把貌不惊人的椅子，传递着复杂而深厚的文化信息。这种优秀的椅具，小则反映一个乡绅的精神追求，大则诠释中国两千多年封建社会根深蒂固的缘由。

今人的收藏，往往会忽视这些崇高的精神含义，而更多注重前人留下的物质财富，在我看来，收藏的悲哀正在于此。

每天的日子
黄永玉

单调至极，但不讨厌。

早晨很快到晚上，躺下一觉又到了第二天，一晃半年就过去了。

言语不通，路不熟，没有中国书报看，没有喜欢的音乐听，少中国人来往，不会喝酒，名胜古迹、博物馆去一两次就够了，衣服、皮鞋该买的都买了……

这样的日子能受得了吗？能的。

也算是一种涵养。从当年的劳改农场、牛棚这类"炼丹炉"出来的人，还有什么日子是过不下去的？单调算什么？

在翡冷翠，我算是度过了半个夏天、一个秋天和半个冬天。每天画十小时以上的画，鬼迷心窍，有时连烟斗都忘了点，还觉得时间太少。

在香港我跟朋友研究，去意大利打算完成三十幅油画，做三件翻铸成铜的雕塑带回来；告诉妻子，要在意大利住半年。他们都半信半疑。

时光倏忽，打点归途行装的时候到了，发现将要带回家的是四十幅油画、八件雕塑和一些零星的画作，禁不住要学着人猿泰山站在树上的姿势，来一个仰天长啸！

人忙起来，往往顾不上单调。常听人说不知道如何打发日子，只是因为他太有空了。

做文化艺术工作的人，骨子里常高估自己工作的意义，把历史的评价和自信混淆在一起。你做事，别人也做事，大家都在做事，才能把世界弄得有声有色。文化艺术本身就是快乐的工作，已经得到快乐了，还可以换钱，又全是自己的时间，意志极少受到制约。尤其是画画，越老越受到珍惜，赢得许多朋友的好意，比起别的任何行当，便宜都在自己这一边，应该知足了。

伟大、聪明、全面、精确，谁比得上莱奥纳多·达·芬奇？他不吹，不打着建立学派、替天行道的旗帜。他也是人，但你不能不匍匐在他的脚下。

如果说，我在翡冷翠的日子有点收获的话，那就是获得"知足、知不足"的启示，并且决定快快乐乐地工作下去。

遗忘是美德
耿 悦

"谷歌让我想起英国作家乔治·威尔斯写过的一篇小说《世界脑》,是说所有的人类记忆都进入一个百科全书般的大脑,所有人都从里面获取记忆。谷歌就是那个世界脑。我担心的一件事情是,如果我们开始不相信自己的记忆,而去相信外部记忆,比如电子记忆,这意味着,谁控制着电子记忆,谁就控制着历史。我没办法相信,这种控制永远是善意的,你可以通过改变电子记忆改变历史。如果我们持续地信任这种电子记忆,我们的历史将会被抽离。"大数据领域专家、学者维克托·迈尔-舍恩伯格近日说道。

作为一个用具体数据思考的人,他很早就意识到,记录一切是很可怕的。"谷歌会变得比你自己还了解你。你会遗忘,而它不会。"他说,"在越来越多个人数据被记录下后,你时刻暴露在'第三只眼'下,亚马逊监视着我们的购物习惯,谷歌了解我们的网页浏览习惯,而推特似乎什么都知道。在你使用服务的时候你就得明白,在网络世界,你获得更好服务的前提就是让渡一部分个人信息。"1999年,一次邮箱故障让维克托丢失了所有电子邮件,他觉得世界末日降临了,蹲在地上痛哭,打滚。三天后，他像什么都没有发生过一样照常生活。从那之后，他就改变了生活方式：他将邮箱当成日程表，每一封新邮件都是日程，回复完毕就会立刻删除；衣柜里超过两年没穿的衣服就送人或者处理；拍照片的时候如果觉得不好看，当即删除。他的继父去世，留下一万六千万张收藏的照片，最终他只留下了五十三张。他为保存照片定了两条规则：1. 照片上有认识或可能认识的人；2. 照片拍得很漂亮。"遗忘是美德，真正重要的东西，会留在这里。"他指指自己的胸口说道。

独处时分

黄永武

多一事增一事的累，识一人费一人的心。只有独处才可以省事，省事就可以心清，心清才可以神旺，所以独处可以收摄精神，凝聚生命的全力。

静坐独处时，有一股清明之气，从孤独处生出来，心光一片，照见了自己，也照见了万物，照彻了事物的所以然，于是有"静一分，慧一分"的效果。独处就是在求这一分清明，所谓"清明在躬，志气如神"，有这分清明，求道则易悟，为事则易成，从事艺文创作则神思奇逸。所以独处可以养精、养气、养神、养德，对德业与艺术生活都是有益的。

利用机会独处的人，通常都有深度。

小人则最怕独处，因为无事、孤独时感到一切落空，宁可时刻都有事，心需要不歇地"逐物"，逐物才觉得心落实，连酒色财气、交际应酬也觉得是生活地位的凭借，不虚此生。所以清代的汤斌说："小人只是不认得独字。"

大木屋的小时代

李浅予

在瑞士，有一个被群山包围的小镇。1754年，一位据说极度富有的商人雇用当地最好的建筑师，使用两百棵杉树，历时四年，在小镇的中心修建了一栋共有四十个房间、一百多扇窗户的大木屋。

或许是为了减轻昔日不择手段获取财富所带来的负罪感，大木屋的主人请工匠在门楣上刻下了这样一句话："不要忘记，身体总会归于尘土，为虫蚁所食。"

1976年，法国画家巴尔蒂斯到瑞士旅行，偶然在这座与世隔绝的小镇上见到了大木屋，他望着门楣上的"格言"，对身后的日本妻子说："尽管我没有像大木屋主人那样备受负罪感的折磨，但我从未忘记我们都是匆匆过客。"

他当即决定买下大木屋，作为自己的终老之地。

新的生活开始了。每天清晨，他走进画室，一直工作到太阳落山才放下画笔。他的画是画商们争购的对象，一幅可以卖到几百万美元。但他有一个让画商们痛心疾首的癖好：喜欢将自己感觉画得不好的画涂掉。

十年过去了，二十年过去了，他始终没有"出山"的迹象。

他不在江湖，江湖上关于他的传说却越来越多。很多人都想见到他，一批又一批的记者、崇拜者，到达小镇时，却发现大木屋的门紧闭着。

这些一无所获的人并没有因此而不满，在他们看来，能够看到传说中的大木屋，感受这位神秘的画家正静静地在某一个房间里作画，就已经足够了。他，连同他的大木屋，都成了传奇。

2001年，他九十二岁那一年，在大木屋中离开了人世。生前，他曾说："我一直在我的画里确认自我，结论是：我不存在。"他做到了，但他无法做到不在别人的心中存在。

礼　物

柴　静

　　那是个夏天。晚上上班的路上，细细碎碎地下起了雨，等到深夜下了节目，雨已经大了。匆忙下了楼向右拐时，忽然有个人迎上来，犹疑地叫我的名字，我怔了一下，借着一线灯光看见他身着军装，才安下心来。他那么大的个子，脸却很稚气，期期艾艾地说他是国防科大的学生，就要毕业了，来看看我是他几年来的心愿。我一时也不知该说些什么，只将手里的伞移过去给他遮雨，他马上后退了几步："不不，不用，我走了。"

　　我看他的身影消失在漆黑的雨夜里，转身欲走，他气喘吁吁又跑回来，脸涨得通红，从裤兜里掏出一个火柴盒交给我，并拢双脚刷地敬了一个军礼，转身走了。火柴盒里装的是一只小乌龟，那是我收到的最可爱的礼物。

　　春节回家过年时，同事转寄给我一封信，信是从西藏寄来的。我在炉火边拆开细读，信中写道："那天夜里你没有问我毕业后去哪里，我也没有告诉你，我选择的是遥远的雪域高原。这里人迹罕至，十分寒冷。有一夜出去巡哨，看着月光下连绵起伏的雪峰，我忽然明白了为什么你在节目里说，'人的存在犹如电光石火'。"

远处忽然传来鞭炮的脆响，我顿了顿，继续看下去，"但在这个世界上还是有很多东西值得用生命去护卫……那只小龟可好？它很怕冷，所以我把它留给你。它是去年我生日那天路过教育街市场时捡到的，也是同一天，我在收音机里听到了你的节目。我一直认为，这都是上天送给我的礼物。"膝边的炉火渐渐升起来，给严寒的世界增添了一点暖意。水仙已经开了两朵，满室清香。

那时候，你还不懂得

张小娴

时间是个有趣的过程，你永远不知道它会怎样改变你。

比方说，曾经不喜欢的食物、不喜欢的酒、不喜欢的书或不喜欢的人，后来有一天，却喜欢上了。

曾经觉得不好喝的酒，或许是当时还没有到好的年份，或许是那时候还不懂得它的好。它就像你买了回来，随手翻了几页，觉得不好看，搁在一边的一本书。若干年后，你无意中再拿起来看，却"惊为天人"，恨自己当时错过了这么好的一本书。而其实，你并没有错过。这就像两个人的相遇，没有早一步，也没有迟一步，于茫茫的天地间，于无涯的时光里，就是这一刻。

只是，相遇和相爱之前，我们都要经历一个过程。时间也是觉醒。曾经解不开的奥秘，曾经想不通的事情，曾经不懂的心，后来有一天，终于明白了。

比方说，年纪小的时候，我们向往的浪漫是拥有，拥有一个很爱自己的人，拥有一段刻骨铭心的爱情。后来，我们渴望拥有更多，除了承诺和约定，还有一起追逐的梦想。后来的后来，我们希望所有美好的东西都能够永远拥有。然后有一天，我们幡然醒悟，浪漫是能够舍弃；只有能够舍弃的人，才是最浪漫的。为什么从前没有这种智慧？为什么从前不了解浪漫？

别恨自己，那时候，你还不懂得。

不能言而能不言
亦 舒

六朝的清谈名家刘惔话很多，但他也欣赏不说话的人，他见江权不常开口，非常欢喜，说："江权不会说话，而能够不说，真叫人佩服。"

不要以为"不能言而能不言"是多容易的事，"人之患在好为人师"，社会上鸡毛蒜皮之事，往往引爆口舌之战，议论纷纷，说个不停，明明不大会说话，偏偏说个不停，自暴其短。

可不可以不说呢？英国人讲"如果需要你的意见，我们会询问阁下"，意思是，人家没问，就不用开口。还有，当友人抱怨配偶子女如此这般，借出耳朵即可，不予置评。

最怕爱说话的男人，男人滔滔不绝，讲起话来无人能敌，做起事来就无能为力，多么讨厌，辩才越好，越像师爷。男儿膝下与口角，都应有黄金。

能说话而爱说，情有可原，但最好还是不说。大家都明白这个道理，于是都不大开口，剩下不会说的沾沾自喜，不停地讲。

江权知道自己不善言谈，但他懂得藏拙，真是一等一的聪明，不是每个人都知道自己的缺点在什么地方。

有自知之明，是极难得的，不应当讽刺说："他总算有自知之明！"

罗伦佐的油
耿 悦

"这些年,人们一直对我说:'奥古斯都,你的占有欲太强了,这个孩子终究会死去,何必让他受这么多折磨呢?'但罗伦佐也是一个有思想有灵魂的人,而不是一个只会呼吸的空壳,最重要的是他一直和我们在一起,他喜欢听音乐,喜欢我们给他读文章。这种感情太复杂了,但是我们一直坚信自己的选择。"

2013年10月24日,奥古斯都·奥登在故乡意大利去世,这位世界银行前经济学家更为世人所知的是他发明的"罗伦佐的油"。儿子罗伦佐·奥登在五岁时患上罕见的疾病肾上腺脑白质失养症(ALD)。1987年,奥古斯都为照顾儿子提前从世界银行退休。当年罗伦佐开始出现突然暴怒,以及逐渐失去听觉、平衡感与身体协调等症状,医生估计他只能再活两年。为了治疗儿子的病,没受过任何医学训练的奥古斯都和妻子一道开始大量阅读医学期刊并向医师们求教。后来他读到一篇有关给动物喂食橄榄油可降减长链脂肪酸的文章,受到启发,研发出饮用三油酸甘油酯与三芥子酸甘油酯的混合油疗法,罗伦佐因此比医生预期的多活了二十二年,在2008年30岁生日后一天去世。这种油因此也被称为"罗伦佐的油"。这个故事也被拍成了电影《罗伦佐的油》。

叫醒世界的花开

晋高峰

苍苔盈阶,落花满径。尘世的生活,半随流水,半入尘埃。

喜欢牛背笛声的清脆,欣赏房前小溪的清凉,就算村边的柳树,也年复一年黄了又绿,年年都有不一样的葱茏葳蕤。岁月从不肯厚待谁,或者薄待谁,它只管公平、公正地一秒一秒,渡过尘世的河。

承受太多的磨难和历练时,就会想起犹太人的经典《塔木德》中的一句话:"人的眼睛是由黑、白两部分组成的,可是神为什么要让人只通过黑的部分去看东西呢?因为人生必须透过黑暗,才能看见光明。"

闲来无事,谛听心灵的声音和呼吸。每次疾风骤雨过后,总会看见山林青翠滴绿;每次暗无天日的乌云飘过,总能欣赏到云白风轻的疏淡有致。走过草丛的深处,裤脚就会粘上一些带刺的草种,这是行走的妙处——常会有一些意想不到的惊喜,不定哪刻,就会发生。

世间,唯有温暖和爱,让我们好好地活下去。一颗鲜活的心,如嫩芽初生,当阳光拂过,便有金子在上面跳跃,时间定格,唯有氤氲的清香萦心。

虽说一春的花，到了时光的深处，总会凋零一地，但它们当初的那一段锦绣年华，已经绽放出了生命应有的风姿和色彩。

明白赏心悦目的曼妙，心中才会时常拥有朝霞、露珠和常年盛开的鲜花。要知道，唯有风，才可以肆无忌惮、游刃有余地穿过荆棘和竹篱笆。春天来临的时候，在野外的绿草地上晒晒太阳，或许能听见蚂蚁排队行走的脚步声，嗒嗒嗒——嗒嗒嗒——

茶 的 禅 意

葛红兵

　　六七年前,我很迷茶、迷沉香。那个时候,先是狠狠地学茶知识,什么绿茶、红茶、黑茶、黄茶……然后又把各种茶分成上中下的等次。

　　内心的喜乐,是追逐好茶的结果——遇上了好茶,就喜,遇不上好茶,就不喜!分别心很大。后来,慢慢地明白,茶其实本无好坏,有些茶在农家的田头,用大茶壶烧煮,用大碗盛了;有些茶在知识分子的案头,用小炉炭烧,用一口杯端着;有些茶在达官贵人家的客厅,由服务人员端着……

　　茶,真的有高低贵贱之分吗?

　　那些年,我到处追逐好茶,然后把好茶藏在家里。

　　后来我又追逐好的茶器,很是炫耀地用好的紫砂壶,一把还不行,要几把,后来是一百把。然而,茶真的一定要用这些东西来烘托吗?

　　我们的感觉呢?真正的好茶,应是在我们的感觉里,而不是在紫砂壶或日本铁壶里吧。

　　茶和茶器,都没有上下之分。分的是我们的分别心而已。是我们的分别心,让茶和茶器染上了人世的俗气,给它们早早地安上了等级，然后又用这些等级来迷惑自己，命令自己或悲或喜。

　　茶的真境界是什么呢？

　　一杯茶是一个宇宙，进入茶，就进入了宁静、淡泊、安乐的另一个宇宙，是空无的茶气中万籁寂灭、心物两忘、超然独立的心境。

万物的姿势
王国华

香蕉被摘下来以后,脱离了母体,似乎死了,但其实并没有彻底死掉。如果你不随手把它扔到桌子上,而将其挂起,让它保持像在香蕉树上一样的姿势,它就以为自己还在树上,会认认真真地活下去,每天东张西望,居高临下地打量世界,直到老去。

衣服也要挂起来。外套扔在床头,仿佛没有骨头的人瘫在那里,皱皱巴巴,无精打采。若是挂着,衣扣都系上,板板整整的样子,那么衣服就有了精气神儿,再穿到身上时,就会跟人紧紧贴在一起,恩恩爱爱,人衣合一。

万物都有与生俱来的姿势,就如人要站立着才像一个人。

刀子呢?一把锋利的小刀,你让它处于砍下去的状态吗?砍谁?

其实刀子应该放在刀鞘中。它的光芒不在砍下去的一刻,而在其存于刀鞘中的温和。除非特殊情况,它从不大呼小叫,做呼之欲出状。它或许永远都保持着这种睡眠的姿势,直到老去。

就像一些话,永远封存在心里。挂满了锋芒的小聪明和慷慨激昂的陈词,都保持着封存的姿势,直到老去……

人生马拉松

〔日〕村上春树 吴淑琴 译

1996年6月,我报名参加了在日本北海道佐吕间湖畔举行的超级马拉松大赛,全程一百公里。清晨五点,我踌躇满志地站在了起跑线上。比赛的前半段是从起点到五十五公里休息站间的路程。没什么好说的,我只是安静地向前跑、跑、跑,感觉和每周例行的锻炼一样。到达五十五公里休息站后,我换了身衣服,吃了些点心。双脚有些肿胀,我换上一双大半号的跑鞋后,又继续上路了。

从五十五公里到七十五公里的路程变得极其痛苦。我心里念叨着向前冲,身子却不听使唤。我拼命摆动手臂,觉得自己像块在绞肉机里艰难移动的牛肉,累得几乎要瘫倒在地。有选手接二连三超过了我,一位七十多岁的老奶奶超过我时大喊:"坚持下去!"

"怎么办?还有一半路,如何挺过去?"这时,我想起一本书上介绍的窍门。于是我开始默念:"我不是人!我是一架机器。我没有感觉。我只会前进!"这句咒语反复在脑子里转圈。我不再看远方,只把目标放在前面三米远处。天空、风、草地、观众、喝彩声、现实、过去——所有这些都被我排除在外。

神奇的是，不知从哪一秒开始，浑身的痛楚突然消失，整个人仿佛进入自动运行状态。我开始不断超越他人。下午四点四十二分，我终于到达终点。这次经历让我意识到：终点线只是一个记号而已，其实并没有什么意义，关键是这一路你是如何跑的。人生也是如此。

就像两个人的相遇，没有早一步，也没有迟一步，
于茫茫的天地间，于无涯的时光里，就是这一刻。

上帝降雨

王鼎钧

我从佛教知道人间是非是有层次的：有绝对的是非，党同伐异、势不两立；有相对的是非，公说公有理，婆说婆有理，此亦一是非，彼亦一是非；还有一个层次，没有是非，超越是非。老祖父看两个小孙子争糖果，心中只有怜爱，只有关心，谁是谁非并不重要。

文学大师一直教我"入乎其中，出乎其外"，把自己的心分裂成多块，分给你笔下的每一个人，我听见了，不相信。佛法教人观照世界，居高临下，冤亲平等。原告也好，被告也好；赢家也好，输家也好，都是因果循环生死流转的众生，需要救赎。我听见了，相信了。

作家和法师的区别是，法师"无住生心"，作家"生心无住"，这词一颠倒便是凡夫。我爱文学，我不做凡夫谁做凡夫。我有了这样的领悟，一下子就和大作家、大艺术家接轨了。作家笔下的人物好似众生，人物依照因果律纠缠沉迷，他们每一个人都有充分的理由那样做，他们都不得不那样做，他们害人，同时自己也是受害人。作家就好似菩萨，他不能改变因果，但是可以设法救赎，救赎不为单方面，是为双方而设，作家同情每一个人。

萧伯纳说,他和莎士比亚都是没有灵魂的人。依我的理解,他是表示没有立场,超越是非。就像是看两个人下围棋,他既为黑子设想,也为白子设想,也就是耶稣说的:上帝降雨在好人的田里,也降雨在坏人的田里。

静　气
李丹崖

一朵花，开在深夜，幽长的一束光照见它，它视而不见，意韵幽幽地开着，这样的花朵有静气。

一个人，专心于一件事，别的事情都搅扰不了他，别的诱惑都迷乱不了他，他就那样心系一处，仿佛进入了禅定，这样的人也有静气。

人一闹腾，六神无主；人一静谧，风度自来。

月朦胧，鸟朦胧，实因心朦胧。飘忽不定，心猿意马，实因没有安全感，或是欲壑难填。

齐白石老先生成名后，有人问他，如何从一个木匠华丽转身为一位巨匠？他答道：作画是守静之道，涵养静气，事业可成。

齐白石的话让我想起另一则故事。

在雍正皇帝编撰的《悦心集》里，有一则名为《尧舜至今尚在》的短文，很有意思："昔有一名僧，被召见驾，叩首呼万岁。上曰：'人生百年且不可得，何云万岁？'僧曰：'尧舜至今尚在。'上大悦。一日同御便殿，复问曰：'京师有多少人？'僧云：'只有两个人。'上曰：'何谓？'僧曰：'一个为名，一个为利。'上点头称善。"

京畿之地，熙熙攘攘，名利纷扰，何来静气？静气在哪里？在山野清风徐来之处，明月皎皎之所。

难怪历代许多圣贤心向田园，天子呼来不上朝，一心只谋三分田，餐风饮露好风雅，幕天席地度韶华。这就是静气，八风吹不动，任何搅扰在他们面前都只如"蚍蜉撼大树"，他们沉稳大气有贤德，在世事的飓风深处也能泰然自若。

翁同龢是清朝两代皇帝的老师，他曾写过这样一句话："每临大事有静气，不信今时无古贤。"丰子恺也说："既然无处可逃，不如喜悦。既然没有净土，不如静心。既然没有如愿，不如释然。"多明亮的心态！

鸡鸣前,大海边
李敬泽

我到了耶稣受难前被囚禁的鸡鸣堂——最后的晚餐散了,耶稣和门徒们向橄榄山走去。

耶稣说:"今夜,你们都会因为我的缘故跌倒。"

彼得说:"即便众人都因为你的缘故跌倒,我也绝不会跌倒。"

耶稣:"我实在地告诉你,今夜鸡叫两次以前,你会三次不认我。"

彼得:"即便我会同你一起死,我也绝不会不认你。"

然后,耶稣被捕了。就在这里——现在的鸡鸣堂外,彼得在庭院里的人群中坐着,耶稣正在里面遭受羞辱和拷打。一个使女走过来,指着彼得说:"你同那加利利人耶稣是一伙的。"

彼得躲开众人的眼睛,说:"我不知道你说的是什么。"

他退到门廊,又有一个使女指着他对众人说:"这人同那加利利人耶稣是一伙的。"

彼得发誓道:"我不认识这个人。"

过了一会儿,人群中有人走过来,指着他说:"的确,你也是他们中的一个,因为你的口音把你出卖了。"

彼得赌咒发誓:"我不认识这个人。"

就在此时，鸡鸣两次。

彼得一个人走到外面，远离人群，痛哭。

这个故事深深地感动了我。在寂静无人的鸡鸣堂里，我一个人站着，觉得这世上所有的人都是彼得。

人的怯懦、软弱，耶稣是知道的，他对此并不感到意外，而是把这作为立教的根本。

人在卑下的处境中承担着精神的重量：他知道自己看到了什么、知道那是什么，但他无法说出来。

人间无事人
马 德

逢人不说人间事,便是人间无事人。

一个人活得是否洒脱,就在这说与不说上。人间多少事,都是管不住嘴惹的。你在背后说人是非,自有人在背后说你是非。

读《小窗幽记》,说有个叫眉公的隐士,居于山中,有客问他,山中何景最奇,曰:"雨后露前,花朝雪夜。"又问何事最奇,曰:"钓因鹤守,果遣猿收。"

你钓,有鹤相守于一边;你馋,可遣猿于树上摘鲜果与你吃。这真是动人心魄的胜景。崔永元说,他多年来一直喜欢看的节目,就是《动物世界》,因为"动物的世界里没有人"。

看来,没有人折腾的世界,其妙处,何止是清净所能穷尽的。这世间美景美事,为什么隐者所遇甚多呢?不因他在山中,不因他在林中,在哪里不重要,重要的是,他已活到人间无事人的份儿上了。

不能被增加的人

张晓风

我打算送一件礼物给一位国外的牧师的时候,才忽然发现,原来这世界上有一种人,你简直无法用任何东西来增加他,他自己已是一个完美的宇宙。

也许我可以学别人,把猪肉干、牛肉干之类的东西当成土产送给他,但我知道,对于一个忙碌的、席不暇暖的人,他不可能有时间坐下来嚼零食。

如果我送他衬衫或领带夹、袖扣之类的东西,他也不会记得装扮自己的。他的一副眼镜架已经用了十年,松得挂在鼻翼上,仍然不肯换,他却说:"何必呢?都成了老朋友,已经有感情了!"

送给他一些小东西放在壁炉架上呢?他在选择做牧师的那一天就已经告别了沙发椅,而且他也没有壁炉。

送他一点奢侈品呢?他的教区住着一些贫穷的工人,他在他们中间,过着最简朴的日子。生活里的一些小物件对他而言未必有意义,他是一个经常忘记自己的人——他需要别人反复提醒,才会意识到自己的存在,他自己是不在他照顾的范围之内的。

也许,我可以送他一本书,但对一个已经拥抱了这个世界的人来说,还有什么书可以增加他的智慧,还有什么知识可以提升他的价值?

原来这世界上有一种人,你简直无法用任何东西来增加他,他自己已是一个完美的宇宙。

干净的容颜
罗 西

采访过一位生意人,开饰品店的,干净的面容、干净的眼神、干净的打扮。他的生意一直很好,回头客很多。他的经验里,我最感兴趣的一条是:他找给顾客的钱,全是新的、干净的、无折痕的——他每天都要去银行换新纸币以及锃亮的硬币。顾客收到找回的钱,心里往往会有这样一个推断:连钱都可以那么干净,人应该不坏,也更可信。

在浮躁喧嚣、尘土飞扬中,很多人在竞争、奋斗的过程里,渐渐变得好斗、复杂、神经质,要么一脸浑浊,要么满面愁怨。有一天,一位女同事认真地表扬我:"你是怎么保养的?人到中年,还可以有这样清澈的眼神,而且还带着无辜……"她笑说,这是最好的生命保鲜。

我很享受人们说我"显年轻""比实际年龄小十岁",是的,我认为这是一种赞誉。只是,没想到那位同事可以更进一步看到我显年轻的根源,那是眼神的清澈、单纯。眼睛是心灵之窗,内心干净,才会有眼神的干净。很多时候,你的沧桑,是因为心老而导致满面尘埃。

小时候,幸福是件很简单的事;长大后,简单是件很幸福的事。一个面容干净的人，一定不坏，他心里常常住着一个小孩，天真无邪，无形中替其抵御了城府或者腐败。内心干净的人，因为单纯而显得年轻，甚至会有些淡淡的青涩与害羞。

简单、天真、自然、干净，到了一定的年龄后，"干净"就会转化、提升为"清雅"，这是一种返璞归真的人格魅力。清雅不仅仅是气质，更是一种可贵的品质，这何尝不是一种岁月的奖赏？

古　意
简　媜

　　住在冬山河畔的姑姑与姑丈，仍然守着上一代留下来的碾米厂，把孩子磨大、自己磨老了。

　　姑姑做的萝卜干远近驰名。以前日子艰难，乡下女人都学会了做萝卜干、豆腐乳、酱瓜的手艺。现在的城里人吃腻了大鱼大肉，反而分外怀念清粥小菜，所以传统习惯仍旧保留下来。每年夏天总有人回乡，特地载回姑姑的萝卜干，她也非常得意："你们这些台北人居然爱吃。"

　　装了十来只玻璃瓶，除了自食，还可以当作厚礼分赠好友。光看那鲜黄的颜色，就知道又脆又甜，忍不住煮一锅红心地瓜稀饭，咬得满屋子乱响。

　　今年，她正在装瓶时，一辆游览车停在碾米厂门口，一群日本观光客很礼貌地向她借用盥洗室，当然看到了她的萝卜干。姑姑请他们吃，没想到，这些日本人赞不绝口，想买几瓶带回去。导游用闽南语告诉姑姑："一瓶算两百块，你这里有十瓶，两千块哟。"

　　姑姑说："吃，尽量啦，但是不能卖，我答应人家了，每瓶都有主人。"

我们知道后，都骂她傻，钱到眼前也不会赚，自家人，再晒就有了嘛。她扯着嗓门儿说："再来就台风天喽，怎么晒？卖了，叫我怎么变给你们？"

"年年都吃，今年不吃又不会怎么样，何况都是吃现成的，或者送给妹妹、嫂嫂、阿姨……"

她说："那不同啦。"

我才发现，守信的人讲起话来嗓门儿真响。

真诚都会有一点瑕疵
马 德

东晋初期,当时的文武百官有个不成文的规定,无论谁履新,都要请一次客,意思意思。

有个叫羊曼的人,出任丹阳郡尹,照例也得请一回。他请客的那天,来得早的人可以吃到美味佳肴,来得晚的人却只能吃残汤剩饭。而且,宴席上最好的位置,谁来得早谁坐,不分贵贱。

还有一个叫羊固的人,官拜临海太守。他请客跟羊曼不一样,整个一天,都是丰盛的美味佳肴,即便来得再晚的人,也不至于吃到残羹冷炙。按道理讲,羊固谁也不怠慢,谁也不冷落,这客请得应该算够讲究吧。但《晋书》把这件事叙述完之后,来了一句:"论者以固之丰腆,不如曼之真率也。"什么意思呢?就是当时的人们议论说:羊固的宴席虽然丰盛,但为人不如羊曼真诚!

人心真是一杆秤啊!处世奸猾者,一眼就被看出来了。你跟谁都好,你谁也不想得罪,看似和气周道,实则精明世故。羊固的问题,就是把事情做得太完满了,他超过羊曼的部分,其实都属于心计。临海太守羊固也许不知道,这个世界上,大凡真诚都会有一点瑕疵,只有圆滑才滴水不漏。

千里井不反唾

黄永武

古人的谚语里，简单的几个字，往往包含着深刻的道理与无穷的智慧。像这句"千里井不反唾"，起先我还弄不清它的含意，后来才明白，大意是说，一个要去千里之外的人，对于他曾经喝过水的那口井，即使今后再也不喝它的水了，也不该往那口井里吐口水。

这句话让人感动之处是，人在现实的利用之外，总得有一份怀旧的情意。这句古谚在前人的诗里，大抵都用于形容离婚的夫妻，好像与"糟糠之妻不下堂"的意思相近。曹植代人作诗曰"千里不唾井，况乃昔所奉"，是说从前侍奉过你的人，就像被饮过水的井一样，不能因为你要远行到千里之外，就对那口井无所谓，鄙夷地吐口水。又像李白为平虏将军妻作的诗"古人不唾井，莫忘昔缠绵"，也是说古人对供应饮水的井，只要饮过一瓢一勺，就有一份感恩的情意，不肯随便吐口水，更何况从前经历过缠绵岁月的人，如何能一笔勾销，完全忘却旧恩呢？

凡是真心相爱过的男女，不管将来是否会分手离别，都一定要将爱谨记在心，默默祝祷，不要泄怨。真爱总是被密锁在心底，而那些动辄详述自己恋爱过五次十次的人，一一道出之所以不能结合的缘故，以证明不是自己薄情。这样的人，不懂得爱的真谛，愈诉述愈像儿戏，愈诉述愈骄矜，愈诉述愈不该，就如要远去千里的人，对故井回吐口水，是极为无情的。

只要喝过一次水的井，就不能弄脏它！不仅是因为别人还要喝，更是为了表达自己的感恩之心，就像古人说的"食不毁器，荫不折枝"：吃饭的碗，不忍心把它敲破；乘凉的树，不忍心折断它的枝条。

近至爱情，远至政治，小至家庭，大至国家，珍惜前缘，不忘旧恩，推广这份可贵的心意。古人说"忠臣出于孝子之门"，这正说明了情意心理的一贯性。在家里是孝子，在朝廷才是忠臣，在情场上才不会是一个无情的人。

年　龄

蔡　澜

在我们的生命中,唯一觉得老是一种乐趣的,只有在我们是儿童的时候吗?

"你多少岁了?"人家问道。

"我四岁半。"

当你三十六岁时,你绝对不会回答:"我三十六岁半。"

四岁半的人长大了一点,给人一问,即刻回答:"我十六岁了!"也许,那时候,你只有十三岁。

到了二十一岁那天,你伸直了手,握着拳,大叫:"Yes!我已经二十一岁了!"

恭喜你,转眼间,你已三十岁,再也不好玩了!天呀,那么快!一下子变四十岁,怎么办?怎么挽留也没用,你不止变四十岁,五十岁也即将来到。这时候你的思想已经改变:"我会活到六十岁吗?"

你从"已经"二十一岁,"转为"三十岁,"快要"四十岁,"即将"五十岁,到"希望"活到六十岁,"终于"七十岁。最后,你问自己"会不会"有八十岁的寿命。很幸运地你九十岁了,你会说:"我快要九十一岁了!"

这时候,有一件很奇怪的事发生。人家问起:"你多少岁了?"

你返老还童地回答:"我一百岁半。"

快乐的人把岁数、体重、腰围等等数字从窗口扔了出去。让医生去担心那些数字吧!

生命并非以你活了多少岁来计算,是以你活得有没有意义来衡量。

每一天都问自己活得怎么样。散散步,看看花,是免费的。

每个人都有疤痕

亦 舒

纽约二十五岁的模特儿玛拉·韩信遭刀片毁容，脸上被缝了一百针。受伤的那天傍晚她便召开记者招待会，她说："每个人都有疤痕，我的，看得见。"

这么强悍！

谁没有疤痕？她的在脸上，别人的，在心头。

但是，都得学会处之泰然，心里纵使有诉不完的苦衷，也不必再提，抬起头来活下去才是正经。

如此勇气并非寻常，连西方社会都震惊了一阵子。对于自身的悲剧视若无睹，非铁石心肠办不到，这样的淡漠，相当于冷血，难免招来非议。

但也不得不承认，疤痕属私人所有，当事人倘若愿意以沉默疗伤，那是他的选择。有很多时候，受创无可避免，无须解释。

记者问玛拉："你会离开纽约吗？"

她简单地答："我爱纽约。"她决不逃避，而是面对现实。修炼成这样，才可算是金刚不坏之身。

疤痕不在脸上的人，似乎也应多多学习，何必一声"伤心人别有怀抱"便远走他乡，自我放逐。

现代人并无自怜的时间，不能倒下来，只得学习刚强。

三 界
陆 昕

明代徐达的宅邸中曾悬一副对联，联语为：

大江东去，浪淘尽千古英雄。问楼外青山，山外白云，何处是唐宫汉阙？

小苑春回，莺唤起一庭佳丽。看池边绿树，树边红雨，此间有舜日尧天。

清末樊增祥书一联语，曰：

金管纪德，银管纪功，斑竹管纪文，隆吾门望；

奇花在庭，奇书在手，奇山水在目，适我性情。

浙江天台山方广寺有一联，云：

风声水声虫声鸟声梵呗声，总合三百六十击钟鼓声，无声不寂；月色山色草色树色云霞色，更兼四万八千丈峰峦色，有色皆空。

前者，一派帝王将相之纵横气。逝波滚滚，宇宙茫茫。唐宫汉阙，灰飞烟灭。千秋霸业，百战成功。如今，开万世太平，享荣华富贵。

中者，尽显文人学士的气节与傲骨。德、言、功，立身之本；书卷、花木、山水，性情之根。清誉雅望，毕生所求。

后者，化外观尘世，冷眼看凡夫。朝代兴废、名利追逐，不过境由心生。色即是空，空即是色。世人不明于此，造无数冤孽。

这三副联语体现了三种境界，三种人生。

真正的清廉

梅 荣

西晋的胡质、胡威父子同在朝中为官,都十分清廉。一次,胡威到荆州探望过父亲后,准备回京城。荆州刺史帐下一名都督听说他要离开,连忙请假回家,拿了粮食和肉,追随而至。都督谎称也去京城办事,二人便结伴同行。

一路上,都督尽心尽力,送饭送肉,很是殷勤。过了几日,胡威察觉出问题,一问才知都督是想让他给父亲递句话,好帮其晋升。随即,胡威将父亲给他的一匹绢赠给都督,谢过后打发他回去了。

回到京城后,胡威写信给父亲,建议革除这个都督的职位,以警示官员要严守清廉。父亲却回信说,此人虽是行贿,但情节并不严重,革除的惩罚偏重,影响也过大,等于向外人宣传自己的清廉。父亲还说已对其进行了诫勉谈话,这样影响小,于人于己都是妥当的。胡威对父亲的处事周到佩服不已。

后来,胡威入朝,晋武帝问他:"大家都说你们父子二人清廉,那到底谁更清廉呢?"胡威沉吟一下,说:"我远不及我父亲。"晋武帝一听,笑笑说:"你这么说有什么理由吗?"胡威答道:"我清廉,担心别人不知道;而我父亲清廉,却生怕别人知道。这就是我远远不及我父亲的地方。"

越是德行高尚的人,越是谦卑低调。对于他们来说,低调本身已成为一种德行。

写满记忆的报亭
林 衍

西班牙巴塞罗那有一个报亭。它诞生于上世纪四十年代，是卖报人亚历山大的祖产，他的父亲和爷爷都曾是它的主人。在这七十多年里，这个报亭"一米都没有挪动过"，就像是这座城市的老朋友。当然，它还不够老，亚历山大说，和巴塞罗那那些留存了上百年的报亭相比，自己这个只能算是小字辈。

美国密西西比大学有一个叫胡斯尼的教书匠。他喜欢游历世界，每到一个国家，他总要与当地的报刊亭合影留念。他将这个小小的角落，视为当地文化的一种投射。"有什么是比到其他国家的报刊亭转一转更激动人心的事儿呢？我真想不出其他选择。"他是个怪人，所以人们给他起了一个外号，叫作Mr.Magazine。

古巴学者加西亚最近收到了一份礼物———一本出版于1942年的古巴画报。当加西亚打开这本旧杂志时，他在上面看到了爷爷爱用的护发素、阿姨必备的粉饼，以及他童年记忆里的那个古巴。他与另一位古巴学者分享了这本杂志，那位女士感慨道："这就是印刷的价值啊，你能想象我们会在五十年以后坐在这里共同浏览一份从前的网页吗？"

时代不断奔跑，技术的洪流让那些老朋友成了往日英雄。但我仍然抱有期待，期待巴塞罗那的百年报刊亭不会消失，期待胡斯尼的环球报亭旅行不要结束，更期待五十年后，我们还能够和自己的亲人、朋友坐在一起，翻开一本写满记忆的老杂志。

读成勇士

莫小米

我遇见了一位八十八岁的长者,他祖上几代都是读书人。有人问他为什么读书,他的回答令我叹服:"读书让人成为勇士。"

"文革"时,有人要他交代已故父亲"反动文人"的罪行,他带上鲁迅的书,去问造反派头头:"鲁迅是反动的还是革命的?"头头说:"当然是革命的。"他又问:"那对鲁迅有帮助的人呢?"头头说:"当然也是革命的。"

他就翻开鲁迅的书给他们看,鲁迅说他读了蒋瑞藻的书"颇获裨助",造反派头头哑口无言。蒋瑞藻正是他父亲,他名叫蒋逸人。在人人不敢多言、逆来顺受的年代,他敢与造反派叫阵,真像一个勇士。

二十世纪五十年代初,关于北宋初年一次农民起义的地点,历史书上曾做出了错误的认定,史学家前辈亦如此认定,而蒋逸人在读史过程中发现有误,便拿出凿凿依据,后来整个史学界都改正了之前的结论,书上说"据蒋逸人先生考证……"时年不到三十岁的小蒋,竟敢挑战权威,真像一个勇士。

后来他被打成了"右派",这样的胆识和性格,不成"右派"才奇怪。好在他学土木建筑时,做过木工、泥工、油漆工、混凝土工、钢筋工……到农村当了工匠队头头。公社组织政治学习，有个小组成员都是中学教师，领导指派小蒋当组长。教师们说："怎么叫一个工头来领导我们学习？"结果小蒋从《资本论》谈起，《资治通鉴》、"二十四史"……教师们佩服至极。他不怕命运多舛，真是一个勇士。

　　读书首先与生存有关。而读书让人成为勇士，与真理有关。

图书在版编目（CIP）数据

你激起的水花可以掀动世界 / 何风主编；《读者》
图书部编 . -- 西安：未来出版社 , 2017.1
（读者经典卷首合集）
ISBN 978-7-5417-6356-4

Ⅰ.①你… Ⅱ.①何…②读… Ⅲ.①散文集—中国
—当代②诗集—中国—当代 Ⅳ.① I217.1

中国版本图书馆 CIP 数据核字（2017）第 021647 号

读者经典卷首合集

你激起的水花可以掀动世界

NI JIQI DE SHUIHUA KEYI XIANDONG SHIJIE

何风／主编 　《读者》图书部／编

总 策 划：孟讲儒　李　进
执行策划：唐荣跃　柴　冕
责任编辑：张忠民
装帧设计：许　歌　张　涛
内文绘图：雨孩子
封面绘图：武当小仙
发行总监：董晓明
营销宣传：薛少华　陈　欣
出版发行：陕西新华出版传媒集团　未来出版社（西安市丰庆路91号　电话：029-84287959）
经　　销：全国新华书店
印　　刷：西安新华印务有限公司
开　　本：880 mm×1230 mm　1/32
印　　张：5.75　插页：10 码
版　　次：2017 年 3 月第 1 版
印　　次：2017 年 3 月第 1 次印刷
书　　号：ISBN 978-7-5417-6356-4
定　　价：25.80 元

版权所有　翻印必究（如发现印装质量问题，请与印厂联系，电话：02984295408）